七人の魔剣姫とゼロの騎士団

Seven Demon Sword Princesses and Zero Knights

Ryogo Kawata
Illustration: GreeN

2

フルカタ
風紀
スピカ
エレミア
ラナンシャ

ミルティ
シャーロット
アリア

エレミアが命じるままに、
魔剣が何十という数にその身を分けた。
「──魔剣、解放」

「ボクにこうされるの、嫌い？」

第一章
騎士団の条件
011

第二章
陰謀と日常
059

第三章
策謀
094

第四章
騎士団結成
124

第五章
絡み合う思惑
157

第六章
決戦
186

エピローグ
253

Seven Demon Sword Princesses and Zero Knights

CONTENTS

七人の魔剣姫とゼロの騎士団２

川田両悟

MF文庫J

口絵・本文イラスト●GreeN

第一章　騎士団の条件

1

「私たちの飛空船が、使えないですって!?　それってどういうことよ、ペルチェ！」

無数の飛空船が並ぶ飛空船ドックに、シャーロットの声が響いた。

シャーロット・アデリアーナ・ルーン・エインスワース。

〝イルルカ国〟の王女であり、学園から七つの魔剣の一つである〝無尽剣アワリティア〟を貸し与えられた魔剣姫《まけんひめ》の一人だ。

そんな、栗色《くりいろ》の髪に青い瞳をした彼女が、目の前に座る、眼鏡《めがね》とそばかすの小柄な少女――ドワーフ族の姫であるペルチェに対して声を張り上げているのである。

「すまん、私のミスだ。あの時……飛島《フラクタル》から落下する君たちを船で拾いに行く時、瓦礫《がれき》をあちこちに食らってしまった。それが、思ったより損傷が激しくてな。私のせいだが、なにしろ私は運転が苦手だし、あの時は相当に焦《あせ》っていたのでな……」

「うっ……」

ペルチェの申し訳無さそうな言葉に、シャーロットがうめき声を上げた。

そう言われては責めにくい。

なにしろ、彼女はシャーロットたちの命の恩人なのだから。

僅か十日前、シャーロットたちは古代人の遺跡が眠る、空を飛ぶ島〝飛島《フラクタル》〟に〝探訪《アクセス》〟を行った。

だがその時に、教師だったストリアの裏切りを受け、絶体絶命の状況に追い込まれたのだ。

彼女の正体は、シャーロットたち人類種の敵である〝七つの福音〟の一人〝勤勉〟であった。

激戦の後に倒しはしたものの、その後、彼女たちは飛島から空へと投げ出されてしまった。

そしてそのままでは命がなかっただろう彼女たちを、ペルチェが飛空船で救い出してくれたのである。

「修理費はできるだけ安くする。前よりいい状態で仕上げよう。だから許してくれないか」

「……ううん、ペルチェが悪いわけじゃないわ。あなたは私たちに付き合ってくれてたんだし、命の恩人だもの。だけど……」

そこで、名残惜しそうに、彼女たちの船〝リベルタス号〟を見上げながら、シャーロットが嘆く。

「改修でただでさえ借金こさえたのに、さらに修理費まで！　ほんととんだ金食い虫だわ、この船は！」

そう、苦労の末にようやく手に入れた伝説の船。大きな富を生み出すはずのそれが、なのに改修と修理でこちらのお金ばかり吸い上げていくのだ。

そんな現実に打ちのめされている彼女に、背後から声がかかった。

「まあまあ。そう嘆くなよ、シャーロット。前の探訪ではちゃんと儲《もう》けが出てるんだ、損はしてねえさ」

「ナハト、そりゃそうだけど……」

シャーロットが振り返りながら答えると、そこには赤い髪の少年が立っていた。

肉食獣を思わせるスラリと伸びた体、勝ち気な表情、そして両手には鈍く輝く手甲《てっこう》。

ナハトという名のその少年は、ニカリと笑って続けた。

「どのみち、まずは仲間を集めようって話だったろ。今はそっちに専念しようや」

「うん……そうね」

まだどこか名残惜しそうではあったが、シャーロットが納得したように頷《うなず》いた。

それを見ながら、ナハトはペルチェにからかうように声をかける。

「しっかし、あんた機械の天才のくせに操縦はてんで駄目なんだな。どうりで運転を他人に任せるわけだ」

「うっ、うるさい、人には向き不向きがあるんだ。私は、とにかく操縦にかけては圧倒的に向いてないんだ……私だって、本当は自分の作ったものを颯爽《さつそう》と操ってみたいさ！」

赤い顔をしたペルチェが、口をへの字に曲げながらそっぽを向く。

「それに、あの時はまだ良いほうだったんだ。なにしろ、船を発進させられたんだからな！　……まあ、その際にあちこちぶつけてしまったが」

「……おい。まさか船の故障の原因って……」

「ちっ、違う、それぐらいはどうってことないんだ！　崩れてくる飛島《フラクタル》のでかい破片を掠《かす》めたり、途中で船が反転しそうになったりしたからであってだな！」

「……俺たち、本当によく助かったな……」

必死に抗弁するペルチェに、ナハトが強張《こわば》った表情で答える。

あの危険だらけだった戦いの中で、一番危うかったのはペルチェに船を操縦させた事であったのかもしれない。

「ええと……それで、なんだけど」

そこでシャーロットがやや強引に話に割り込み、作り笑顔でペルチェに擦り寄りながら尋ねる。

「ねえ、うちの騎士団、団員を大募集中なんだけど。どう、ペルチェ、良かったら正式にうちに……」

「いや、悪いがそれは無理だ。私は、特定の組織には参加できない」

シャーロットの勧誘を、だがペルチェがあっさりと断った。

「私たちドワーフの国は、多数の国から依頼を受けて飛空船や魔具《ギア》の製造を請け負っている。私も卒業すれば技師としてそこに加わることになろう。それゆえ、あらゆる相手と懇意にせねばならん」

そして椅子にもたれかかり、ふうとため息を吐《つ》きながら続けた。

「この学園に来たのも、技術を学ぶと共に人脈を広げるためという側面が大きい。ゆえに、お前たちと一緒に騎士団はやれん。興味がないわけではないが……すまんな」

「うう、そうよね……。いいのよ、駄目元で言ってみただけだから」

がっくりと肩を落とし、シャーロットが答える。ペルチェほど有能な人材が加わってくれれば心強いところなのだが、無理強いはできない。

「すまん。代わりに、飛空船技師で手の空いている者がいたら声を掛けておこう。見つかったら連絡する。……団員探し、頑張りたまえよ」

「うん、ありがとうペルチェ！　それじゃ、またね！」

「いろいろサンキューな。今度、一緒に飯を食おうぜ」

口々にそう言い、手を振りながらドックから去っていく二人。

それを見送った後、ペルチェは少し寂しそうな顔で呟《つぶや》いた。

「本当にな……。私が自由の身であったなら、おまえたちと一緒に行きたいところだよ」

ナハトたちとの飛島探訪《フラクタル》は、彼女にとっても特別な体験だった。

その時間は僅かなものであったが、共に空を旅した時間は、得難《えがた》いものだったのだ。

彼らは、これからもそんな冒険を続けていくのだろう。それが、ペルチェには少しだけ羨ましかった。

2

「……でもさ、団員を集めるって一言で言っても大変よナハト。もう一年生でも、大体はどこかの騎士団に所属してるもの。当てはあるの？」

学園の廊下を並んで歩きながら、シャーロットが尋ねた。

周りではたくさんの生徒たちが思い思いに行き交い、学園の放課後を楽しんでいる。

ここは世界一の学園、キールモール魔術学園。彼らが住む大陸、ウォルカニア大陸中から選《よ》りすぐられた者たちが集まり多くのことを学ぶ、巨大な学園だ。

広大な校舎の他に飛空船のドックや居住区を持ち、何千という生徒たちが集まったその学園は今日も活気に満ち溢《あふ》れていた。

「団員の当てか。そりゃもちろん……ない」

「だと思ったわ……」

問われたナハトがきっぱりと答えると、シャーロットががっくりと肩を落として答える。

騎士団、と言えば普通は王に仕える騎士たちの集まりを言うが、この学園では違う。

この学園で言う騎士団とは生徒同士で作り上げるグループの事であり、共に活動する組織のことを指す。

ナハトたちはたった二人で〝ゼロの騎士団〟という名の騎士団を立ち上げた。

だが、二人だけではまともな活動はできないのだ。

「ま、ボケっとしてるよりは行動あるのみだ。とりあえずクラスの奴《やつ》らに声を掛けてみようぜ。船もあるし、探訪も成功させたんだし。案外、入ってくれるかもしれねえ」

楽観的なことを言うナハト。

それに、渋い表情のシャーロットが答えた。

「無駄だと思うけどね……。まあ、やってみましょう」

「すまんな、無理だ」

「ごめーん無理ー。他をあたってよ、他ー」

「わりいっ！　無理だ、すまん！」

自分たちのクラスである、一年Ｆ組に戻ったナハトたち。

そこで教室に残っていたクラスメイトたちに片っ端から声を掛けたが、返事はいずれもつれないものであった。

「……全員、まともに話も聞かずにかよ。ちょっとは聞いてくれてもよくねえか？」

渋い表情でナハトが言うと、クラスメイトの一人が申し訳無さそうに答えた。

「いや、お前らのことが嫌とかじゃねーんだよ。でもどこの騎士団に入るかってのは、すげえ大事なんだって。マジ、一生を左右すっから」

「そういうもんか？」

「そういうもんだ。いいかナハト、この学園を卒業すれば俺たちはどこかの国で職につくことになるだろう。探訪者《ヴァリアント》になるやつもいれば、軍人になるやつもいるだろうし、技師や魔術医師になるやつもいるだろう。そして、そのために必要なのが……」

そこで、別のクラスメイトが話を引き継いだ。

「この学園での実績、そして人脈だ。それらを得るために一番有用なのが、騎士団。良い騎士団に入れれば、将来は約束されたようなもの。だから皆、騎士団選びは必死なんだ」

「なるほどねえ」

その言葉に、ナハトが面白くなさそうに答える。

つまりは、有力者の騎士団の傘下《さんか》に収まって実績を残せば、その後の就職に融通がきくという話だ。

「あんたみたいな無頼モンにはわかんないでしょうけど、私たちみたいなのにはそういうのマジちょー大事なんだよね。んで、今学園の騎士団の七割ぐらいは魔剣姫《まけんひめ》様たちの傘下だからさ。将来勤めたい国のお姫様んとこで必死こいて頑張るのが正解ってわけ。各国の姫君が在学してる今は、ほんとマジ超チャンスだしー！」

女性のクラスメイトが、テンション高めに説明を入れる。

そう、学園が生徒に貸し与える魔剣の、その現在の持ち主である七人の魔剣姫。

彼女たちはいずれも大陸に点在する国々の姫君なのである。

彼女たちに気に入られれば、将来は大いに拓《ひら》ける。だからこそ、彼らは必死なのだ。

「なんだよ、魔剣姫ならシャーロットだってそうだろ。こいつだって一国の王女だぞ」

ナハトが面白くなさそうに背後のシャーロットを指差しながら言う。

正確には、シャーロットはすでにナハトとの勝負に敗れ魔剣の権利を失っているのだが、ナハトがそのまま持たせているので周囲には魔剣姫のままだと認識されている。

その言葉にクラスメイトたちは一斉にシャーロットを見つめたが、やがて困った顔で口々に言った。

「いやあ、そりゃそうだが、なあ……シャーロットの国はなあ……」

「まあ……なんていうか……」

はっきりとした表現を避けるクラスメイトたち。

それに、苛立《いらだ》った顔のシャーロットが吠《ほ》えた。

「悪かったわね！　うちは、貧乏国で！」

そう、シャーロットの国イルルカはかつての大国であるにもかかわらず、今では大いに没落し貧乏国と成り果てていた。

「そりゃうちじゃ、来てもまともな給料が払われるかわかんないものね！　あははは、そうよね、貧乏なんて誰でも嫌よね！　お笑い草だわ、アハハハハー！」

「わ、悪かったって、そこまで言ってないだろ。拗《す》ねるなよ、シャーロット」

やけくそ気味に笑うシャーロットに、クラスメイトが申し訳なさそうに言う。

だがやがて表情を変えると、真面目な顔で続けた。

「けどよ、そうじゃなくてもお前らが団員を集めるのは難しいと思うぜ」

「あん？　なんでだよ」

「なんでって、そりゃあ……」

何気なく尋ねるナハトに、そのクラスメイトは何かを言おうとしたが、

「……いや、俺から言うことじゃねえか。とにかく、まあ頑張ってみりゃいい。団員は無理だが、ちょっとした手伝いぐらいならするからさ。何かあったらまた声かけてくれや」

結局はそう言ってナハトの肩をポンと叩《たた》き、行ってしまった。

他のクラスメイトたちもそれに続き、その背中を見送りながらナハトが呟《つぶや》く。

「なんだよ、思わせぶりにしやがって。なんだったんだ?」

不満そうに呟くナハト。

だが、そんなナハトの疑問は、すぐに解消されることになる。


「……ねえ、見て、あいつらよ」

「あいつかぁ。悪そうな顔してるよな……」

教室を出て、二階の廊下を歩くナハトたち。

だがそこで、周囲の生徒たちが自分たちを見てヒソヒソと話していることに気づいた。

「……? なんだろ、私たち、なんだか見られてない?」

あたりを見回しながらシャーロットが言う。

ナハトも同意するように頷《うなず》き、二人して聞き耳を立てる。

すると、周囲から恐るべき会話が聞こえてきた。

「……ほんと信じられないわよね、貴重な飛島《フラクタル》を墜落させるなんて。どれだけ重要なものなのかわかってないのかしら。これだから、赤毛とその仲間は」

「……!」

予想外のその言葉に、シャーロットが絶句して固まる。

そうして更に聞いていると、その内容は信じられないものだった。

「伝説の、蒼穹《そうきゅう》の騎士団の船を勝手に乗り回してるらしいわよ。信じられない！　本当なら、保存すべき宝じゃない。恥ずかしくないのかしら？」

「魔力なしの赤毛に負けた情けない魔剣姫《まけんひめ》、その部下にまでされて恥ずかしくないのかしら。フフ、奴隷みたいじゃない？」

「ストリア先生が裏切ったって話だが、あんないい先生がそんな事するなんて信じられねえぜ。あいつらが罪をなすりつけたんじゃねえか？」

罵詈雑言《ばりぞうごん》とクスクス笑いに、見下した視線。

周囲から向けられていた悪意にようやく気づき、シャーロットが呆然《ぼうぜん》と呟《つぶや》いた。

「なによこれ、私たちが悪者みたいに言われてる……!?」

「ああ……どうやらそうらしいな。俺たちが飛島《フラクタル》を壊したり、ストリアを貶《おとし》めたりしたことになってるらしい」

あの時、飛島を壊したのはナハトたちではなく、教師になりすまして学園に潜り込んでいた人類種の大敵、〝勤勉〟であった。

それどころか、〝勤勉〟は飛島をこの学園に落とそうとしていたのだ。それを防いだナハトたちはある意味この学園を救ったと言っていい。

なのに、それがねじ曲がって伝わっている――！

「嘘《うそ》でしょ、私たちちゃんと報告したわよ!?　元老院も、学園長代理もそれを受け入れて

くれたはずなのに！」

そう、二人は確かに事の顛末《てんまつ》を全て報告したのだ。

だというのに、これはどういうことなのか。

「さてな。ちゃんと伝わらなかったか、あえて悪く取られたのか。どっちにしろ、こうなると団員探しはもっと難しくなりそうだ」

「そんなぁ……」

がっくりと肩を落とすシャーロット。

ナハトもしばらく面白くなさそうに立っていたが、その時、ハッと何かに気づいた。

それは、強烈な殺意であった。

今すぐに攻撃を仕掛けてきても不思議ではないほどの、殺意を孕《はら》んだ視線。

すっと身を屈《かが》めて迎撃できる態勢を取りつつ、どこからそれが飛んできているのかを探ろうとする。

だが……次の瞬間には、それは途絶え、雑踏の中に消えてしまった。

（……なんだったんだ？　今のは）

かつて感じたことがないほど強烈な殺意。

どうやら、自分を殺したいほど憎んでいる相手がいるようだ。

「……？　どうしたの、ナハト」

「いや、なんでもねえ」

考え込んでいるナハトにシャーロットが不思議そうな顔で尋ね、ナハトは笑ってごまかした。

下手に心配をかける必要はない。だが、いざとなればシャーロットの安全も確保しなければならないだろう。

そんな事を考えたが——そこで、ふと窓から見える中庭をぞろぞろと歩く集団に気づく。

そしてその先頭に、覚えのある人物を見つけてナハトはニヤリと笑った。

「なあ、シャーロット。案外、案《あん》ずるより産《う》むが易《やす》しってやつかもしれないぞ。いっちょ試してくるぜ」

「はあ？　あんた、何をする気……あ、ちょっと！」

キョトンとした顔で聞き返すシャーロットを尻目に、ナハトが二階の窓から身を投げ出した。

そして軽やかな動作で中庭に降り立つと、そこを歩いていた集団の前に立ちふさがる。

「——よう、先輩。ちょっと遊んでくれよ」

その視線の先には、小柄な少女。

それは、二年生の魔剣姫《まけんひめ》——その一人である、ミルティ・アルカードであった。

「……」

ナハトの不敬な態度に、ミルティは沈黙を返す。

ピンクの長い髪。黒いドレス。眉の上がった、気の強そうな表情。

その顔立ちは、整いすぎていてまるで人形のよう。

肌の白さがますますそれを際立たせており、その背は低く、まるで幼い少女のようだ。

だが、身にまとっている気配は決して弱者のそれではない。

そんな彼女の瞳を見つめながら、ナハトが続ける。

「なんだ、だんまりか？　後輩が声かけてるんだ、気の利いたセリフのひとつでも返して欲しいもんだけどな。それとも、荒っぽいのは苦手か？」

挑発である。ナハトは、あろうことかいきなり魔剣姫《まけんひめ》の前に立ちふさがり、喧嘩《けんか》を売っているのだ。

それも、部下を多数引き連れた魔剣姫に――！

それは、飢えたドラゴンの前に裸で飛び出すような行為だ。

（あああああ、あンの馬鹿、何してんのよ！　正気なの!?）

窓から身を乗り出したシャーロットが、青い顔をする。

ミルティといえば、武闘派で知られる魔剣姫だ。

そしてその部下には、校内でもトップレベルの魔戦士《マグス》がうじゃうじゃいるという。

巨大な騎士団には一人じゃ絶対に敵《かな》わない。

そう何度も忠告したのに、あの馬鹿は……！

そうシャーロットが思わず頭を抱えていることも知らず、ナハトはそのまま平然とミルティに向かって歩き出した。

「なあ、俺、退屈してるんだ。どうだ、今からいっちょ……」

だが、その足が途中でピタリと止まった。

いいや、止まらざるをえなかった。

目の前の、小柄な少女から……強烈な、〝圧〟のようなものが吹き出していることに気づいたからだ。

そして、ミルティの可憐《かれん》な唇からささやき声が漏れた。

「おい」

「はっ」

それは、背後の部下に対するものであった。

それに応え、彼女の部下が進み出る。

「なんだ、あの阿呆《あほ》は。お前たち、知っているか」

「はい。入学早々、フルカタに喧嘩を売り、一年生のシャーロットから魔剣を奪った……ナハトとかいう、一年坊主かと」

「ふうん。あれがか」

部下の、ライオンのような髪をした巨躯《きょく》の男の言葉に、ミルティがさして興味もなさそうな声を上げる。

噂《うわさ》は聞いていた。調子に乗っている赤毛の一年生がいる、と。

「なるほどな。なんだこの阿呆《あほ》はと思ったが、魔剣を一振り奪って調子づいているわけか。だが……」

可愛《かわい》らしい声で呟《つぶや》くミルティ。

だが、彼女が歩みだしながら放った言葉は、決して可愛らしいものではなかった。

「——身の程知らずが。よかろう、妾《わらわ》の前に立ち塞がる不敬……その体に刻んでやろう」

(よしっ。挑発にのってきやがった!)

思わずほくそ笑む。

狙い通りの展開だ。

魔剣姫《まけんひめ》とやれる……今、この場で!

すっと構えを取るナハト。だが、その時、二人の間に何者かが割り込んだ。

「姫様。僭越《せんえつ》ながら、ここは我らが」

「む……」

割り込んだのは、二名。共にミルティの部下であった。

先程の、ライオンのような髪の男と、もう一人。

細身で、手に扇子を持った眼鏡《めがね》の男子生徒。

共に、ミルティの騎士団の一員である証明として赤い団服を身に纏《まと》っていた。

「……なんだよあんたら、邪魔する気か？」

不満げに言うと、眼鏡の男が鼻を鳴らした。

「黙れ、一年坊主。お前、ほんと調子乗りすぎだよ。いきなりやってきて、うちの姫様とやれると思ってるわけ？　厚かましいにもほどがある！」

「本来、この学園に君臨する魔剣姫である姫様と勝負をしたければ、戦争を申し込むのが筋。それをぶらりと現れて喧嘩《けんか》を申し込むなど、ふざけたやつだ。だが、常識のない一年坊主をしつけてやるのも上級生の仕事。――ゆえに」

口々にそう言い、そしてライオンのような髪の男が拳を構える。

「少し相手をしてやろう。俺の名は、アンガス。姫様の一の部下だ」

「同じく、マードック。気に食わないけど、二番手さ」

構え、名乗る二人。

それを白けた顔で見ながら、ナハトが答えた。

「こりゃどうも、ご丁寧に。一年生のナハトだ。……んで？　二対一で〝決闘《デュエル》〟しようってのか？　俺は別に構わねえけどよ」

この学園で言う決闘とは、互いの体を魔力で形作られた体〝魔力体〟に変換し、それを破壊しあう、ルールある戦いのことを指す。

だがその言葉に、マードックは笑みを浮かべながら答えた。

「まさか。僕らがお前程度に二人がかりで決闘《デュエル》なんて、いい笑いものさ。そんなんじゃないし、何も賭けやしない。ただ、跳ねっ返りの一年生を教育してやるだけさ。もちろん、君が可哀相《かわいそう》だから魔術や魔具《ギア》は使わないでおいてあげるよ」

「なんだよ、ただ殴り合おうってのか？　別にいいけどよ、あんたら倒したら次はそこのお姫様とやらせてくれるんだろうな？」

「ああ、もちろん。姫様の側近である僕らに勝てるなら好きにすればいい。……ただ、一つだけお願いがあるんだけど」

ナハトが余裕のある表情で答えると、マードックが顔を歪《ゆが》ませて、そして言い放った。

「僕たちに負けて身の程を知ったら、二度と姫様の前にその小汚い面を出さないでもらいたいね……！」

瞬間。アンガスとマードックの二人が、同時に動いた。

拳を構えたアンガスが猛牛のごとく突っ込んできて、マードックはそれに隠れ視界から外れてゆく。

そしてそのまま打撃の距離まで詰めてきたアンガスが、拳を暴風のごとく打ち出してくる。

空気を激しく叩《たた》き、炸裂音《さくれつおん》すら伴う拳。

体を左右に振りながらそれを避《よ》け、少しずつ下がって距離を取る。

だがアンガスは小刻みにステップを刻み、常に一定距離から離れず攻撃を仕掛けてきて、こちらを逃してくれない。

一方的に攻め立てられながら、ナハトは思わず胸中で唸《うな》った。

（こいつ……強い！）

外見からは荒っぽいパワータイプかと思われたが、その実、アンガスは恐ろしく洗練された格闘技術を持つ戦士なようだ。

魔術に対抗する武術、〝魔拳〟を身につけたナハトにとっても、脅威なほど。

「言っておくが――俺は、加減を知らん。死んでも恨むなよ」

言い放ち、アンガスがその巨大な足で蹴りを放ってきた。

凶悪なその一撃が爆風を巻き起こし、中庭の木々を激しく揺らす。

が、その一撃は空を切った。

咄嗟《とっさ》にナハトがしゃがみ込み、地に両手をついて躱《かわ》したからだ。

そのまま、足元から反撃に移ろうとする。

だがそこで振り切ったはずのアンガスの蹴りがその軌道を変え、こちらを踏み潰《つぶ》そうと振り下ろされてくる。

「やべえ！」

咄嗟《とっさ》に、地についた両手で勢いよく後方に跳ね、それを躱《かわ》す。

ほぼ同時にアンガスの足が地面に打ち下ろされ、踏み砕き、あまりの衝撃に轟音《ごうおん》とともに周囲が揺れた。

「ヒュウッ、すげえ威力だ……！」

踏み砕かれた地面を見ながら、ナハトが口笛とともに呟《つぶや》く。

束になった鋼鉄の剣すらまとめて踏み砕くような一撃。常人が喰《く》らえば即死は免れまい。

そして、その戦いを睨《にら》みつけるように観察していたミルティが、そこでわずかに口角を上げて小さく声を漏らした。

「フン、まるで獣じゃな。人間と思うてやりあうと、痛い目を見るぞ……アンガスよ」

その間にも、逃げるナハトにアンガスが襲いかかり連撃を繰り出してくる。

そして、ついに逃げるのも限界に達し、両腕を体の前で構えアンガスの拳を受け止める。

――いや。受け止めよう、と思っていた。しかし、アンガスの強力な一撃はそれで止まらず、ガードの上からでもナハトの体を上空へと打ち上げてみせたのだ。

「ぬうん！」

「うおっ……！」

ナハトの足が地を離れ、体が浮かび上がる。そしてそれを追うようにしてアンガスの巨《きょ》躯《く》が跳ね、ナハトの頭上を取った。

「おおっ！」

アンガスの足が空中で弧を描き、ナハトを襲う。それを背中に食らったナハトの体が、今度は地面に向かって勢いよく吹き飛んだ。

「ぐっ……このっ！」

両手両足を突き出してどうにか着地するナハト。そのまま勢いよく立ち上がるが、瞬間、背後に気配を感じ、咄嗟に拳を放った。

それは、弧を描いて背後を攻撃するための拳。いわゆる裏拳である。

唸《うな》りを上げるその拳は……だが、何かに当たって防がれてしまった。

「なにっ⁉」

自分の拳を受け止めたものの正体に気づいたナハトが、驚きの声を上げる。

それは、身を潜めていたマードックが片手で突き出した扇であった。

そんなものが、岩をも砕くナハトの拳をあっさりと受け止めているのである。

「おー、怖い怖い。汚い拳を振り回さないでくれよ、野良犬君。僕は潔癖症なんだ。姫様から賜ったこの団服を、汚されちゃたまらない」

ふざけた調子で言ってのけるマードック。

ナハトは慌てて距離を取ろうとしたが、そこであることに気づき、驚きの声を上げた。

「拳が、離れねえ……！」

マードックの扇と触れ合った拳が、押せども引けどもびくともしないのだ。

もがくナハトを楽しげに見つめながら、マードックが余裕の表情で講釈を始めた。

「魔戦士《マグス》が、色んなタイプに分かれているのはお馬鹿さんの君でも知ってるだろ？　あっちの筋肉ゴリラは見てのとおり強化系、魔力で肉体ばかり鍛えてるタイプ。そして僕は……操作系。操作系は、多数の魔具《ギア》を操る他にも、自分の魔力を操作することにも長《た》けている。——だからさ」

「ぐっ……！」

マードックが扇を動かすと、ナハトの拳もそれにつられて動く。

まるで互いが強力な接着剤で貼り合わされているかのようだ。

「こうして、ただの扇に自分の魔力を流し込んで強化することもできるし、そこから魔力を根のように広げることもできる。……つまり、今、君の拳は僕の魔力によってこの扇に縫い付けられてるってわけ」

マードックに翻弄されるナハト。

それを見ていた野次馬《やじうま》の生徒たちが、わっと沸いた。

「馬鹿な奴《やつ》だぜ、赤毛！　アンガスは一撃で巨大な魔物をバラバラにしちまう化け物だし、マードックは一切触れられることなく何十もの魔物を瞬殺する、学園でも最高位の魔戦士だぜ！」

「あいつらと二対一でやるなんて、自殺行為もいいとこだ。下手したら殺されるぞ、あいつ！」

その声を聞きながら、シャーロットが焦《あせ》った顔をする。

「馬鹿ね、ナハト！　だから無理だって言ったのに……！」

この学園の上級生、それもトップクラスの人間は、それこそ若くして大陸でも上位に当たる魔戦士だ。

そんな相手二人に、相手の魔力を食らう魔具〝魔蝕手甲《アバドン》〟なしで挑むなんて……！

「ははっ、魔力を持ってない赤毛の君には、特に効きがいいみたいだね。つまり、僕たちは相性最悪ってわけさ……ほらっ！」

「うおっ！」

マードックがぐるりと扇を回すと、繋《つな》がったナハトの体も同様に回転する。

そして勢いがついたところで拳と扇が離れ、ナハトの体が宙を舞い、その鍛え抜かれた腹をマードックの扇が叩《たた》いた。

瞬間。総身に、巨大なハンマーでぶん殴られたような強烈な衝撃が突き抜ける。

到底、扇の持つ威力ではない。

そしてそれにより、ナハトの体はまたもや宙を舞った。

更に、飛んでいくその先には……拳を構えた、アンガス！

「ぬううん!!」

地面を踏みしめ、大砲を打ち出すようにアンガスの巨腕が打ち出される。

空気の層をぶち抜き、破裂音を伴ったその一撃。

それが、宙を舞うナハトを直撃した。

瞬間——人が人を殴ったとは思えないような轟音《ごうおん》が中庭に響き渡る。

「……ナハト——！」

シャーロットが叫ぶ。

一撃が大気を揺らし、中庭の木々が大きく震える。

羽を休めていた鳥たちが一斉に飛び立ち、生徒たちの中から悲鳴が上がった。

あんなものを食らっては、人の体など到底持たない。そう思えたからだ。

アンガスの強烈な一撃を受けたナハトの体は、空中でくの字に曲がって静止している。

決着は付いた、と生徒たちは思った。ナハトが敗れたのだ。

いや、むしろ大怪我《おおけが》か、下手をしたら死んでしまったのではないか。

みな、そう思わずにはいられない……ただ一人、それを見て「ほう」と呟《つぶや》いた、ミルティ以外は。

「ぬうっ……！」

拳を突き出したままのアンガスが唸《うな》る。

信じられないものを、見た。

アンガスの放った、渾身《こんしん》の拳。

今まで、それをまともに受けてみせたのはミルティだけ。

それを……今、ナハトが、右手のみで受け止めているのだから。

「……いい一撃だな、先輩。あんた強《つえ》えよ」

アンガスの拳を握りしめ、その一点で己の体を支えながらナハトが言う。

その口元には、余裕の笑みすら浮かんでいた。

「おのれっ……！」

戦慄し、アンガスはすぐに拳を引《ひ》き剥《は》がそうと試みたが、しかしギリギリとナハトの指が締め付けてそれを許さない。

ナハトはそのままアンガスの腕を頼りに己が体を持ち上げ、逆立ちのような姿勢を取り、すっと右足を高く振りあげながら吠《ほ》えた。

「けど……そろそろこっちも遊ばせて貰《もら》うぜ！」

そして、その足を断頭台の刃のようにアンガスの肩へと振り下ろした。

「がっ！」

まるで巨大な鉄の塊でぶん殴られたような衝撃がアンガスの体を走り、口から意図せず声が漏れる。

衝撃が突き抜け、一瞬呼吸が止まる。

ありえない。魔力を持たぬ者がこれほどの一撃を放つなど！

だがナハトの攻撃はそれで終わりではない。

掴《つか》んだアンガスの手を中心にナハトの体が跳ね回り、無数の蹴りを見舞う。

脇腹、首、こめかみ、みぞおち、顎。

ナハトの体が躍り、あらゆる人体の急所へと蹴りを打ち込んでいく。

「おおおっ……このっ！」

あまりの衝撃に崩れ落ちそうになりながらも、アンガスはどうにか堪《こら》え、掴まれた腕を大きく振るった。

勢いでナハトの手が離れ、飛ばされるが地面を削りながら着地を決める。

だがその背後に、再びマードックが迫っていた。

「うっとうしいなあっ……！　そろそろ終わっときなよ、ねえ！」

顔を歪《ゆが》ませて、マードックの扇がナハトの延髄めがけて振り下ろされる。

一気に気絶させて終わりにするつもりのようだ。

雷撃のようなその一撃を、しかし、ナハトはパシリと受け止めて見せた。

「なにっ⁉」

今度は、マードックが驚きの声を上げる番だ。

なにしろ、ナハトは振り返ることもなく、たった二本の指のみで扇を挟んで止めてみせたのだから。

「ワンパターンだぜ、先輩」

ニヤリと笑うナハト。

「このっ……！」

マードックが咄嗟《とっさ》に、先程と同じように、魔力の根を張りナハトの指を捉えようとしてくる。

だが、それより早くナハトの指が動き、今度はマードックの体が宙を舞うことになる。

「うおっ……！」

魔力を流しているせいで扇を手放せず、空中で大きく回るマードックの体。

そしてナハトはニヤリと笑うと、

「おらよっ、お返しだ！」

マードックの腹めがけ、強烈な後ろ回し蹴りを放った。

「があっ!!」

パン、と大きな衝撃音が響き、腹部に強烈な一撃を食らったマードックの体が勢いよく吹き飛ぶ。

そのまままっすぐに校舎の壁に激突するかと思われたが、マードックは空中で必死に体勢を立て直すと、どん、と校舎の壁に両足を突いてどうにか衝撃を受け止めてみせた。

魔力の根で足を縫い付け、壁面に立つマードック。

そして、自分の団服の真ん中にしっかりとナハトの靴跡がついているのを確認すると……ギロリ、と憎しみの籠《こ》もった表情で、ナハトを睨《にら》みつけた。

「貴様あ、よくもっ……姫様からの賜り物である僕の団服に、汚らわしい足形をォオオオ……！」

「良かったな、先輩。もう汚れを気にする必要はねえぞ」

その視線を受け止めながら、平然と答えるナハト。

それを取り囲むように、アンガスたちが殺気だった表情で動く。

そこには、先程までの、どこかこちらを侮った雰囲気はない。

「おうおう、いよいよ本気ってわけか。楽しくなってきやがった。そろそろ、魔力を解禁してやろうぜ」

ナハトがほくそ笑む。

こいつらは、今まで決闘《デュエル》してきた学園の生徒たちとは、明らかにレベルが違う。

次はどんな手を使ってくるか。それとも、いっそこちらから仕掛けるか？

どちらにしろ、手の内を全部見せてもらうとしよう。

ヒリヒリとした空気を味わいながら、ナハトは精神が高揚するのを感じる。

戦いとは、こうでなくてはならない！

だが……その時、誰かの声がかかった。

「やめろ。もうよい」

それは、戦いを睨むように見つめていたミルティの声であった。

しかしそれに驚いたのは、ナハトよりむしろマードックたちのほうであった。

「姫様、どうして止めるのですか！　こんな奴《やつ》、今すぐ僕たちが這《は》いつくばらせてご覧に入れます！　どうか、このままやらせてください！」

マードックが声を荒げ、アンガスもそれに同意するような視線を向けた。

だが……ミルティの返答は、簡潔なものであった。

「黙れ」

「っ……」

そのたった一言で、興奮していたマードックは口をつぐみ、アンガスの肉体から闘志が抜ける。

二人は顔を見合わせた後、神妙な顔で駆け出してミルティの側《そば》に跪《ひざまず》いた。

（……おいおい、なんだそりゃ。随分としつけがいいじゃねえか）

白けた表情で構えを解いたナハトが、心の中で呟《つぶや》く。

まるで、よく訓練された犬ではないか。

いいところだったのに、これでは拍子抜けだ。

そんなナハトを睨《にら》みつけながら、眉根を寄せて怒ったような表情でミルティが言った。

「なるほど、我が家臣ども相手に元気な奴《やつ》。まるで本気ではないとはいえ、こやつら二人相手に今も立っているだけで大したものだ。故に、褒美として妾《わらわ》が直々に遊んでやろう」

「……」

その言葉に、萎《な》えかけていたナハトの心は再び高揚しだした。

「へえ、そりゃ太っ腹……おっと、女の先輩相手に太っ腹はねえか。……で、まさか、その勢いで魔剣を賭けてくれたりなんてのは……」

滾《たぎ》る心を見せまいと、軽口を叩《たた》いてみせる。

だが、その瞬間……ミルティの体から、ぶわりと殺気が膨れ上がった。

「調子に乗るな、小僧。まさか、魔剣のなんたるかも知らぬ一年の小娘に勝って、この妾と対等にでもなったつもりか？」

「っ……」

あまりの迫力に、ナハトが思わず後ずさった。

小柄な体から溢《あふ》れ出《だ》す、相変わらず、凶悪なまでの圧。

嫌でも気付かされてしまうそれは、小さな蛇が、実は猛獣すら一滴で殺す猛毒を持つと気づいた瞬間に似ていた。

（こいつ……強い！）

戦慄と共に、胸中で呟《つぶや》くナハト。

それは、アンガスに感じたものとは比べ物にならないほどの気配。

今まで戦ったどの魔物よりも……そう、飛島《フラクタル》で戦ったあの〝勤勉〟すら比べ物にならないほどの、底しれぬ迫力だ。

「妾が一年生の魔剣姫《まけんひめ》どもを見逃しておる理由は、ただ一つ。……単純に、驚異にもならぬほど〝弱い〟からよ。子猫を相手に本気で戦っては、戦士の名折れだ」

そして、すっと目を細めてミルティは続ける。

「それは貴様も同じだ、獣よ。妾が怖いのなら、逃げても良《い》いぞ。貴様の本能は、妾と戦うなと告げておるでろう」

それは、事実であった。

野生で育ったナハトにとって、本能は生存の要だ。

それが、今は戦うなと告げている。この相手には、勝てるかどうかわからない。

リスクを避けろ、と。

——だが。

（引き下がる気はねえ。俺より強いってのなら、やらない手はねえ……！）

ここは――学園は、自然ではない。強くなるための場だ。

ならば、怯《ひる》んでいてどうする。

なにより、俺は今……戦いたい！

そう考え、再び歩を進めるナハト。

ピクリと反応したミルティに微笑《ほほえ》みかけながら、ナハトが告げた。

「さてな。だが確かなのは、なんでもやってみねえとわからねえってことだ。――見せてくれよ、格の違いってやつを」

「……よかろう。その勇気に、褒美をくれてやる」

そう言って、ミルティが凶悪な笑みを浮かべ、その麗しい右手を突き出す。

すると、その指先から、闇が一滴、垂れた。それが地面に落ち、影のようなものが広がり……そして、驚くべきことに、そこからぼこぼこと影がせり上がり始める。

驚きの表情で見つめるナハト。

その、目の前で、影が次第に形を持ち、そして。

「――貴様の目的は、魔剣であろう。我が魔剣の力を確かめたくて、このような真似《まね》をしたのだ。ならば、見せてやろうではないか。仰ぎ見よ、我が魔剣――」

その影が。

漆黒の両刃剣を形作り、そして、ミルティの手に収まった。

「――〝影王剣イラ〟の力を」

3

「魔剣……！」

吸い込まれるように、その刃《やいば》を見つめながら、ナハトが呟《つぶや》く。

影王剣イラ。ミルティの身長と同じぐらいの長さを持つ、漆黒の両刃剣。

日に照らされてなおその刀身は昏《くら》い。

その切っ先をナハトに向け、ミルティが囁《ささや》いた。

「望みのものじゃ、存分に楽しめ小僧。――魔剣、解放」

それと同時にイラが僅かに震え、その刀身から、魔力が溢《あふ》れ出《だ》した。

するとナハトの周囲を取り囲むように、地面にいくつもの影が生まれ、その影が沸き立つ。

そしてナハトが驚きの目で見つめる中、影たちが人のような形を取り、そして、立ち上がった。

「なんだ、こいつら……！」

ナハトの口から驚愕《きょうがく》の声が漏れる。

それは、十を超える、武器を持たぬ影の兵士たち。

その顔は兜《かぶと》に隠され見ることはできないが、その奥から赤い双眸《そうぼう》がナハトを見つめていた。

「これこそ、我が影王剣の力。影の兵どもを支配する、これぞ王たる者の魔剣よ。――さあ、わが〝兵士《ポーン》〟どもよ。少し、遊んでやれ」

そして、ミルティのその言葉と同時に、影の兵士たちが一斉に跳んだ。

「うおっ……！」

その俊敏な動きに、ナハトが思わず声を上げた。

勢いよく跳んできた一体の拳が顔の側《そば》を通り過ぎていき、ナハトが焦《あせ》った声を上げる。

たった今戦ったアンガスほどではないものの、その一撃は重く鋭く、到底食らっていいものではないことがわかる。

だがはそれで終わりではない。避《よ》けた先から次の兵士の一撃が襲いかかり、回避を強いられる。それを凌《しの》いでも、その次、そしてその次。

影の兵士たちは、一体一体襲ってくるようなぬるい相手ではなかった。

よく訓練された軍隊……否、まるで一個の生物のように、恐るべき連携で襲いかかってくるのである。

「ちいっ、不気味な奴《やつ》らだ……！」

それらをどうにか躱《かわ》し、捌《さば》き、だが心に焦りが生まれる。

先程とは状況が違う。

一つ躱したところで二つ、三つと攻撃が連なってくる。影の兵士たちはまさしく影そのもののように素早く動き回り、ナハトを休ませない。

じっとしていては、いつか、必ずやられる。

そして、次の瞬間、じっとナハトの動きを観察していたミルティが、動いた。

「ッ！」

中空を駆けるようにミルティが襲いかかってくる。

ナハトの心に、戦慄が走る。

影の兵士たちだけでも手強《てごわ》いのに、それに本体であるミルティが加わってくるのだ。

そしてミルティは切っ先鋭い魔剣を振りかぶると、なんの遠慮もなくそれを振り下ろしてきた。

「うおっ！」

ナハトが必死に頭を反らしてその一撃を躱す。

魔剣イラが、黒い軌跡を残しながら空間を薙《な》ぎ払《はら》っていく。

躱したと安堵《あんど》したのもつかの間、すぐに影の兵士たちが襲いかかってくる。そして、それに対応している間に再び魔剣が唸《うな》りを上げて迫った。

「死ね！」

「うおおおっ！」

ミルティが叫びながら振り下ろした一撃を、必死に飛《と》び退《の》いて躱《かわ》す。

制服の一部が切り裂かれ、思わず声が出る。

「おいおい、ガチで殺す気かよ!?　今は魔力体じゃねえぞ、先輩！」

「当然じゃ。妾《わらわ》の前を塞ぐということは、そういうこと。躱せぬのなら、死ね！」

本気の顔でミルティが答える。

この程度で死ぬのならば、死ねばいい。その顔が、そう語っていた。

（くそっ、じっとしてたらやられるだけだ！　動き回らねえと……！）

そう判断したナハトが勢いよく駆け出した。

中庭を駆け回り、跳ね、ある時は校舎の壁に飛びつき、ある時は植えられた木を足場に激しく動き回る。

相手を撹乱《かくらん》すべく、縦横無尽に駆け抜けるナハト。

だが、影の兵士たちは執拗《しつよう》に追いかけてきて、更にはミルティの斬撃が襲いかかり決して逃してはくれない。

「このっ！」

ついにたまらず、影の兵士の一体に拳を打ち込む。

強烈なナハトの一撃に耐えかねて、影の兵士の上半身が弾《はじ》け飛《と》んだ……かに、思えた。

が、しかし次の瞬間、ぞろりとその形が戻り、そして驚くべきことにナハトの腕をその体にて、ぎしりと抑え込んでしまった。

「なにっ!?」

「無駄じゃ、馬鹿め。我が手駒どもに、ただの拳が通じるとでも思うたか」

くすくすと笑いながら、ミルティが言った。

そして、身動きの取れないナハトの体に……影の兵士たちが、一斉に拳を叩《たた》き込んできた。

強烈な衝撃が、体のあちこちを貫く。

ナハトの口から、がっ、と苦痛の声が空気と共に漏れた。

そして、さらに。

「そら」

動きの止まったナハトの手をミルティが掴《つか》んできて、ぎしりと捻《ひね》り上げられ、そして止《とど》めとばかりに勢いよく投げ飛ばされる。

ナハトの体が浮き上がり、天地が不明になり、そして、勢いよく地面に叩きつけられた。

「がっ！」

衝撃に、肺から空気が飛んでゆき、一瞬、呼吸ができない。

さらにミルティの足が、どすり、と胸に振り下ろされてくる。

そのままがちりと腕を極《き》められ、足で抑えられ……ナハトの体は、完全に制圧されてしまった。

そして、首筋にすっと魔剣の切っ先があてがわれる。

その小さな足でぐりぐりと踏みつけられながら、見上げると、小馬鹿にしたような顔のミルティが言った。

「なんじゃ、この程度か、跳ねっ返りの一年坊主。貴様にはがっかりした……これだけ手加減してやっても、妾《わらわ》に手も足も出んとはな」

「……自在に動き回る兵士との連係攻撃か。さしずめ、一人軍隊ってとこかよ」

「そのとおり。我が魔剣イラは、物量戦を得意とする魔剣。妾と戦うということは、すなわち、軍団と戦うということよ」

天の上から見下ろすように、ミルティが言う。

その圧倒的な展開力と、全ての影の兵士を意のままに操る指揮能力。

それでもって、あらゆる相手を殲滅《せんめつ》する。

故に、彼女は〝殲滅姫〟の異名をで呼ばれていた。

その足がナハトの服を踏んでいるのは、服に足型をつけられた部下の意趣返しか。

その後ろでは、マードックが感激した面持ちで主《あるじ》を見つめていた。

「すげえ、勝負ありだ！　さすがミルティ姫！　赤毛なんて、相手じゃねえ！」

野次馬《やじうま》たちが歓声を上げる。

決着は、ついたかのように見えた。

「くだらん時間だった。やはり、貴様も妾が相手にするほどではなかったな」

「……ああ、たしかに強《つえ》えよ、あんた。たいしたもんだ」

つまらなさそうにミルティが言い、ナハトが認める。

だが、それでもナハトはふてぶてしい表情を崩さない。その、理由があった。

倒れたまま、どうにか空いている手の指を動かし、ミルティを指差しながらニヤリと笑う。

「だが惜しいな、先輩。この勝負、引き分けだぜ。肉を切らせて骨を断つ、ってやつだ」

「なにをたわけたことを。貴様が妾にどんなダメージを負わせたというのじゃ。戯言《たわごと》もほどほどに……」

「……青と白の、ストライプ」

ナハトが謎の言葉を発し、ミルティが怪訝《けげん》な顔をする。

「なに……？　何をわけのわからんことを言っておる。貴様、まさか頭でもおかしく……」

だが、その時遅れて言葉の意味が伝わってきて、ミルティがハッとした表情を浮かべる。

そしてそのままバッと飛び退《の》くと、赤い顔で自身のスカートを抑え、わなわなと震えた。

「きっ、貴様……！」

「へっ。わりいな、先輩」

その目の前で、謎の迫力を纏《まと》いながら大物めいてナハトが立ち上がり、ひと仕事終えた顔で告げた。

「攻撃の方は立派でも、防御が甘かったようだな。服と同じ黒かと思ったら……結構、可愛《かわい》いお子様パンツ穿《は》いてんじゃねえか」

「っ……！」

ミルティの顔がさらに朱に染まる。

それを聞いていた野次馬《やじうま》の男子生徒たちが、思わず声を上げた。

「おい、まさかっ……信じられねえ！　あいつ……ミルティ姫のパンツを覗《のぞ》きやがったのか!?」

理解が広がっていき、それに続いて、わっと歓声が上がった。

「殲滅《せんめつ》姫のパンツなんて、正気の奴《やつ》は狙わねえ！　まさか、投げ飛ばされながら、覗ける角度を計算してやがったのか!?　狂ってんぜ、あいつ！」

「アホだ！　アホの勇者だ！」

興奮した様子で叫ぶ男子生徒たち。それは、巨大なジャイアントを殴り倒すよりも、空を舞うドラゴンを射落とすよりも素晴らしい英雄譚《たん》であった。

鉄壁の防御を誇る魔剣姫《まけんひめ》たちの攻撃をかいくぐり、中身を見る……幾多の勇者が挑もうとも、簡単になし得ることではない！

そう盛り上がる男子生徒たちを、女子生徒たちはひたすら冷たい目で見つめていた。

そして、シャーロット。彼女は、真っ赤な顔で身を縮こまらせていることしかできない。

（あの馬鹿、本当にすぐにこういう事をする！　団長がこんなことしたら、団員は肩身が狭いでしょ！　恥かかせないでよ、もう……！）

そして、興奮の坩堝《るつぼ》の中、ミルティの邪魔にならないよう様子を見ていた部下たちが、ついに耐えきれず、全員が己の魔具《ギア》に手を伸ばしていた。

「あの野郎っ……。僕らの、姫様に、なんて真似《まね》をっ……！　殺すっ……殺してやる……。殺して、殺して、殺してやる！　生かして帰せるものか！」

普段皆を止める立場のマードックですら、鬼のような形相で手の中の扇を握りつぶす始末だ。

そんな一触即発の雰囲気の中、だが当のナハトは気にした様子もなくだらりと拳を下ろした。

「ま、楽しめたが、これぐらいにしとこうぜミルティ先輩よ。なんだかんだ、生身のあんたをぶん殴るわけにもいかねえしな。ここは痛み分けってことでひとつ……」

そこで、へらへらと笑っていたナハトの表情が固まった。

何故《なぜ》か。それは、気づいてしまったからだ。

ミルティの体から、凄《すさ》まじいまでの怒気が膨れ上がっていることに……！

「……いい度胸じゃな、小僧。妾《わらわ》に対して、このような……。このような……！　どうやら……」

ミルティの背後に、ぶわりと影が染み出した。

それが膨れ上がり、全長5ｍを超えるような巨人の姿を形作る。

驚愕《きょうがく》している中、巨大な腕がするりと伸び、ナハトの体を捕らえ――。

「えっ、あっ、ちょっ……」

「死にたいらしいな！」

そして、全力で投げ飛ばした。

「うおおおおっ！」

宙を舞い、中庭から放り出されたナハトの体が、校舎を飛び越える。

飛空船の最高速度を超えるような勢いをつけられ、ぐんぐんと飛んでいく。

このままでは、学園の外に放り出され、地面と激突する！

「くそっ！　起きろ〝魔蝕手甲《アバドン》〟！」

己の両手に装着された手甲《てっこう》型の魔具〝魔蝕手甲〟を呼び起こす。

魔力の灯《とも》ったそれの、その先端からワイヤーで繋《つな》がれた刃《やいば》を必死に打ち出す。

シャーロットの魔剣〝アワリティア〟から手に入れた、それ――〝ソードアンカー〟が真《ま》っ直《す》ぐに飛び、大きな木の幹に絡みつく。

ワイヤーがピンと張り、そのまま大木が繋《つな》ぎ止めてくれるかと思ったが、あまりの勢いに耐えかねた大木は派手な音と共にへし折れてしまった。

「うっそだろおい⁉」

ナハトが思わず声を上げる。勢いは落ちたが、その体は止まらず、まっすぐに学園内の施設目掛けて飛んでいく。

迫りくる壁、そして……激しい衝撃と轟音《ごうおん》とともに、ナハトの体がそれを突き破った。

「うおおっ、なんだあ⁉　敵襲かあ⁉」

ナハトの体が突入したそこ、飛空船のドックで作業をしていた生徒たちが驚きの声を上げる。

そんな中をナハトの体はぐるんぐるんと縦回転で転がっていき、そして。

「……お早いお帰りだな。だが、できれば今後は扉を開けて来てくれ」

渋い顔でこちらを見下ろしているペルチェの前で止まった。

見えるのは、ペルチェの長いスカートの中の、意外に大人っぽいパンツ。どうも、今日はパンツに縁があるらしい。

大の字で転がり、パンツを見上げながら、疲れた声で答える。

「ああ、次からはそうする……」


一方、中庭。

そこでは、ぜえぜえと荒い息を吐いているミルティの姿があった。

「破廉恥《はれんち》なガキめが……！　妾《わらわ》の下着など覗《のぞ》いて何のつもりだ、まったく……！」

他の魔剣姫《まけんひめ》、スピカやラナンシャ、フルカタといった面々の物であればわかる。

だが、自分の下着など見てもどうしようもあるまいに。

自分の子供っぽい外見を気にしているミルティは、ついそんな事を考えてしまう。

そんなミルティに、ナハトへの憎しみを滾《たぎ》らせた部下たちが口々に言った。

「姫様、あの外道を追いかけて仕留めたく思います。どうかご許可を！」

「やめろ、ケダモノ相手にそのような。ちと遊んだだけじゃ」

いきり立つ部下たちを宥《なだ》めるように、ミルティが言う。

その視界の端で、シャーロットが慌てて駆けていくのが見えた。

「これ以上挑発してくるようなら、身の程を教えてやれ。じゃが、一年相手にムキになるようでは妾の格が落ちる。今は捨て置け」

「っ……。はっ！」

苦々しげな表情で、だがミルティの部下たちが応じた。

そして、かけていくシャーロットを見送りながら、ミルティが僅かに微笑《ほほえ》んだ。

なるほど、あの後輩魔剣姫《まけんひめ》は随分と出遅れているように見えたが、どうやら良い相棒を見つけたらしい。

（せいぜい上がってくるがいい。妾《わらわ》と戦える領域まで。そして、その時には……）

その時には、あの生意気なナハトを屈服させ、飼われた獣としてこの足を舐《な》めさせてやる。

その時のことを想像し、笑みを浮かべながら、ミルティは堂々とした足取りで歩き出した。

第二章　陰謀と日常

1

「もう、なんであんたって奴《やつ》はいつもこうなの！　ちょっとは相棒である私の気持ちも考えてよ！」

　保健室に、シャーロットの怒声が響いた。

　怪我《けが》の治療を受けているナハトが、それに困った顔で答える。

「だから、悪かったたって。うまくいきゃ、魔剣を賭けてくれるかと思ったんだよ。それにいつかは戦わなきゃいけない相手だろ、どんなもんか見ておきたかったんだ」

「だからって、やり方ってもんがあるでしょ！　これで、フルカタ先輩に続いてミルティ先輩まで敵に回しちゃったじゃないの！」

　ぷりぷりと怒りながら、ナハトの体についた傷に治癒効果のある指輪型の魔具《ギア》をかざしていくシャーロット。

　あちこち注意深く見ながら、傷を見つけては甲斐甲斐《かいがい》しく治してゆく。

「しかも、魔力体にならないでやりあうなんて！　相手は学園でも特にやばい武闘派集団なのよ、大怪我《おおけが》したらどうするつもりだったのよ！」

「ああ、たしかに強かったな、あいつら。しかも全然本気じゃなかった。魔術や魔具《ギア》を使ってきやがったら、どれほど手強《てごわ》いか。……けどまあ、最後に良《い》いもの見れたからよかっ……あいたっ！」

地面から見上げたミルティの姿を思い出し、にへらと笑った瞬間、シャーロットが空いた手でナハトの頰《ほお》をつねった。

そしてギロリと睨《にら》みつけてくる。

「ほんと、あんたは美人を見るとすぐそれ！　なによ、魔剣姫《まけんひめ》全員にそういうことするつもりなわけ!?」

「ちっ、違う、今回はたまたまだろ、たまたまっ……痛い痛い、悪かったって！」

怒るシャーロットと、謝るナハト。

そんな二人を後ろから見ていたワフリナが、呆《あき》れたような声を上げた。

「あのう。先生の目の前でイチャイチャするの、やめてもらっていいですかね……？」

ワフリナ。このキールモール学園の先生で、ナハトたちの学級の担任であり、また彼らの騎士団〝ゼロの騎士団《マグス》〟の顧問でもある、獣人の女性だ。

犬のような耳と尻尾を持ち、子供のような身長の彼女はしかし、その見た目にそぐわず非常に強力な魔戦士である。

飛島《フラクタル》の一件では糸状の魔具〝鋼斬組紐《こうざんくみひも》〟を使って、ナハトたちの窮地を救った恩人でもある。

「あれ、ワフリナちゃんじゃん。なんでここにいるんだ？」

ようやくその存在に気づきとぼけた声でナハトが言うと、ワフリナは耳をぴんと立てて怒った声で答えた。

「なんでって、あなたが上級生と喧嘩《けんか》して保健室送りになったっていうから、心配して来たんです！　先生、あなたの担任なんですよ？」

そしてそのまま頭を抱えて続ける。

「ああー、もう、本当にあなたは次から次へと問題ばかり起こして！　少しはおとなしくしてられないのですか!?」

「そう言うなよ、ワフリナちゃん。ちょっと先輩とじゃれあっただけだろ」

平然とした顔で答えるナハト。まるで反省している様子がない。

はあ、とため息を吐《つ》いてワフリナが尋ねた。

「それで、どうでしたか？　学園でも最高クラスの騎士団と魔剣姫は。二人だけでどうにかなりそうでしたか」

「……いや、悔しいが難しそうだ。実力はともかく、物量が違いすぎる。数で攻められ続ければ、こっちの体力が持たねえ。あの魔剣姫……ミルティ先輩の所にたどり着く頃には、へとへとで勝負にもならねえだろうな」

ナハトは渋い顔をして答えた。

いざとなれば一人でもやってやるつもりだったが、どうやらそうもいかないようだ。

アンガスとマードック。あの二人を同時に相手にしても、ナハトには勝つ自信があった。

だが、損害なしとはいくまい。

他にも無数の強者がいるというのなら、なおさらだ。

それに、と小さく呟《つぶや》き、ナハトは考えた。

(あの先輩とは、本気で、一対一でやってみてえ。ありゃ、化け物だ……多分、今まで俺が戦ったどの生物より強い)

ミルティと向き合った時のことを思い出し、ゾクゾクと震えが来る。

漂う、圧倒的な強者の気配。

魔剣から噴出する恐るべき魔力。湧き出す影の兵士たち、
そして、あまりにもあっさりと自分を封じてみせたミルティ。

見た目に騙《だま》されてはいけない。

あれはまさに、この学園に君臨する化け物の一人だ。

あの相手とは、誰にも邪魔されず、遠慮なしにやれる状態で互いの全力を解放し、燃え尽きるまで戦《や》りあってみたい。

その瞬間を想像し、ナハトは興奮を感じていた。

「……どうやら、やっと先輩たちと戦うことがどういうことか理解できたようで、何よりだわ。なんとか、団員を集めないとね」

この戦闘中毒《バトルジャンキー》め、と心の中で呟きながらシャーロットが言う。

するとナハトは笑みを引っ込めて、真面目な顔で答えた。

「ああ、だがただの数合わせじゃしょうがねえぞ。戦える奴《やつ》がいる。それも、とびきり強い奴が」

「わかってるわよ。寄せ集めじゃ先輩たちには勝てないもの。でも、戦闘員だけじゃなくて他のことをする団員もいることは忘れないでよね」

「ああ、まあな。だがどうやって探すかな……。騎士団に入ってなくて、俺たちに付いた悪評を気にしない奴となると、なかなか難しい」

そうナハトとシャーロットが言い合っていると、そこでワフリナが手に抱えていた書類の束を差し出した。

「やっぱり苦労してるみたいですね。ほら、先生が一年生でまだ騎士団に所属していない生徒のリストを用意しました。これを元に声をかけていくといいですよ」

「えっ。先生、私たちのためにわざわざ調べてくれたんですか？」

「調べた、って言うほどのことではないです。現在、騎士団に参加していない子をリストから拾ってきただけ。私は顧問ですからね、これぐらいのことはしてあげられます」

ふふんと笑って言うワフリナ。二人はしばしその書類の束をじっと見つめていたが、次の瞬間、笑みを浮かべたナハトが、がばっとワフリナに抱きついた。

「うおお、サンキュー、ワフリナちゃん！　さっすが、気が利く！　愛してるぜぇ！」

「あっ、ちょっ、駄目ですよ!?　たしかに先生は彼氏いないし独身ですけど、学生のうちは駄目！　あ、でも退学になった後なら考えないこともっ！」

抱きしめられたまま、もぞもぞと動きながら赤い顔のワフリナが言う。

その顔はまんざらでもなさそうだったが、そこでシャーロットが割り込んだ。

「生徒相手になに口走ってんですか、先生！　ああもう、離れて、離れて！」

怒り顔のシャーロットが間に割り込んできて、二人を引き離す。

あっ、と呟《つぶや》いてワフリナは少し残念そうな顔をしたが、コホンと咳払《せきばら》いすると気を取り直して続けた。

「ええと、それと言っておきますが、あなたたちの騎士団はまだ正式に設立を許可されたわけじゃないです。申請から一ヶ月以内に最低条件を満たせないと、そのまま解散させられちゃいますので注意してくださいね」

「えっ、そうなんですか!?　……ち、ちなみに条件は……？」

予想外の言葉にシャーロットが驚きの声を上げ、おずおずと聞き返すとワフリナが答える。

「最低五人の団員と、そしてなにより団室です。団室がなければ、騎士団とは呼べません」

「団室か。校舎の南にある、騎士団棟とかいう建物にあるやつだな。たしか、借りるには金がいるんだっけか」

ナハトは両腕を組み、興味深げに呟いた。

授業とは切り離されている騎士団の活動は、放課後などに団室を中心に行われるのだ。

そのため、騎士団ごとに騎士団棟の団室を借りることが義務付けられている。

「ああ、そっちは大丈夫でしょ。何しろ私たち、お金はそれなりに持ってるんだし」

シャーロットがにんまりと笑う。

ナハトが飛島《フラクタル》で手に入れた魔力結晶は、学園を通じて無事買い手がついた。

いくらか学園側の取り分や手数料を取られたが、それでも船を直して団室を借りる程度の余裕はある。

だが余裕の表情のシャーロットに、ワフリナが不安そうな声で言った。

「それはいいですが、団室の数には限りがありますよ。どこも空いてなくて借りられない、なんて事にならないといいんですけども」

「やだなあ、ワフリナ先生。騎士団棟にはものすごい数の団室があるんですよ？　空いてないなんてことはないですよ。まあ、でも心配なら先に確保しておきますね」

シャーロットがそう気楽に言い、ナハトたちはワフリナと別れて騎士団棟へと向かった。

部屋を借りる、というのはなかなかに楽しい作業だ。空いているうちで一番いい部屋をじっくり選び、部屋を飾ったり家具を置いたりするのも悪くない。

そんな事を考えて、シャーロットは鼻歌でも歌いそうなほど上機嫌だった。

——ところが。

「現在、空いている団室はありません」

と、騎士団棟の受付に冷酷に告げられ、愕然《がくぜん》とする羽目になったのである。

「嘘《うそ》でしょ!?　なんでですか!?　前見た時はたくさん空いてました！　おかしいじゃないですか！」

数十秒、ショックで固まった後ようやく意識を取り戻したシャーロットが食って掛かると、受付の、無表情な顔のエルフの女はくいっと眼鏡《めがね》を直しながら答えた。

「なんで、と言われても空いてないものは空いていません。先週から急激に申請が増え、全ての部屋が埋まってしまいました。ほら、この通り」

受付が、騎士団棟の管理状況が書かれた見取り図を差し出す。

シャーロットはそれをひったくるように受け取り、端から端まで何度も目を通した後、泣きそうな声で呟《つぶや》いた。

「嘘でしょ、ほんとに全部埋まってるぅ……！」

「だからそう言ったではないですか。現在、新しい騎士団にご用意できる部屋はありません。どこかと交渉して譲ってもらうか、諦めるかしてください」

受付が冷たい声でそう告げる。ナハトも後ろからその見取り図を覗《のぞ》いていたが、そこで不審そうに受付に尋ねた。

「こういうこと、よくあるのか？　すべての部屋が埋まるなんてこと」

「いいえ。団室はそれぞれ広さやグレードで家賃が設定されているのだけれど、安い部屋まで全部埋まるのは稀《まれ》です。それに……」

「それに？」

そこで口籠《くちご》もった受付に、続きを催促する。

すると彼女はしばらく考えた後、言葉を続けた。

「それに、最近申請してきたのは、いずれも魔剣姫《まけんひめ》たちの騎士団の、その下部騎士団ばかりみたいです。人数も最低限の五人が多い。おそらく、部屋を確保するために騎士団を分けたりしているのではないでしょうか」

「えっ、それって……！」

シャーロットがまたもや驚きの声を上げ、思わずナハトと顔を向けあう。

大手の騎士団は配下にも騎士団を作らせ、それら多数の騎士団をまとめ上げて一組織としていることが多い。

そのほうが人員を纏《まと》めやすく、また各自で行動を行えるからだ。

そういった、大手の支配下にある騎士団を下部騎士団と呼ぶのだが、それを更に分けて
このタイミングで団室を確保したとなると、その狙いは。

「まさか、私たちへの嫌がらせ……!?」

そう、一ヶ月団室を手に入れられなければ、ナハトの騎士団は登録を解除されてしまう。

そして一度登録を解除された騎士団の代表は、二度と騎士団を立ち上げられないのだ。

「ど、どうしよう……。ま、まさか、こんな手で来るなんて！　そんなに私たちが目障《めざわ》り
なわけ!?」

青い顔をしてシャーロットが呟《つぶや》く。

団室をすべて埋めるとなれば、相応の費用がかかる。人を動かす手間もある。

そんな回りくどいことをしてまで潰《つぶ》したいほど、自分たちは疎《うと》まれていたのか——。

「こんなの、ありなのかよ。ずるくねえか？」

「ずるくねえです。騎士団と騎士団の関係性は、学園が用意した数少ないルールを除いて、
ほぼ実社会のとおりですから」

渋い顔で尋ねると、受付が冷たい声で答える。

「資金に余裕のある側がそれを使って他を追い落とすなんて、学園の外では珍しいことで
はありません。騎士団とは、そういう実社会へ適応するための学びの場。それに対応でき

ないのなら、あなたたちの負けというだけです」

「……あんた、すげえシビアだなあ……。でもまあ、そのとおりかもな」

嫌そうな顔をしつつも、受け入れざるをえない。

彼女の言うとおりだ、世の中とは競争だ。

それに気づかず、手を打たなかった自分たちが悪い。

「けど、俺が悪かったで諦めるわけにもいかねえな。どっかの誰かをぶっ飛ばして、部屋を奪うってのは……」

「決闘《デュエル》などで賭けた上でなら有効ですが、そうでないなら違反です。犯罪です。不当占拠になります。学園から処罰が降《くだ》る可能性が高いです」

「ちっ、だよな……。どっかの馬鹿が賭けてくれりゃ楽なんだが」

その望みは薄いだろう。と、なれば。

「……あれしかねえか。よし、ついてこいシャーロット」

「えっ、なにか考えがあるのナハト？」

青ざめた顔のシャーロットが不安そうに言い、ナハトはにやりと笑って答えた。

「ああ、俺にいい考えがある。任せろ」

2

そして、僅かな時間の後。

魔剣姫《まけんひめ》の一人であるイサミ・フルカタが団長を務める騎士団、〝誠心会〟の団室。

そこには、押しかけたナハトたちの姿があった。

「なあ、そういうわけなんだ。こういうので決着をつけるなんて、おかしいと思わないか。団室を一つ譲ってくれよ、フルカタ先輩」

ソファから乗り出し、目の前に座るフルカタに向けて熱弁を振るうナハト。

イサミ・フルカタ。魔剣姫の一人にして、東国コノハナ国の皇女。

凛《りん》と伸びた背筋に、すっきりとした体型。だが、その胸は豊満であった。

武人を称する通り、きりりと引き締まった目元をしており、その瞳は黒く、同様に黒い髪を後ろでポニーテールにして垂らしている。

美少女というよりは美女と言ったほうがよい顔立ちをしており、今は制服の上に誠心会の団服である青い羽織を纏《まと》っていた。

部屋の床に、鞘《さや》に入った刀状の魔剣をまっすぐ突き立て、両手をその柄頭《つかがしら》に置いてフルカタはぴんとソファに腰掛けている。

だが、なぜかその顔は横を向いており、こちらを見ようとはしない。

そして、そんなナハトの隣で身を縮こまらせ、だらだらと冷や汗を流しながらシャーロットが胸中で吠《ほ》えた。

（……これの、どこがいい考えなのよ馬鹿ナハトおおおお！）

そう、あの後ナハトは真っすぐにここに向かい、フルカタに会わせろと大騒ぎし、ほぼ無理矢理《むりやり》に団室へと押し入ったのだ。

そして入るやいなや、団室を譲ってくれとフルカタに直談判《じかだんぱん》を始めたのである。

（あんた、あれだけのことをフルカタ先輩にしておいて、なんで団室を譲ってくれとか言いに来れるわけ!?　信じられない！）

学園への転入初日、ナハトはフルカタから騎士団への勧誘を受けていた。

風紀委員長にして、巨大な騎士団の団長というトップクラスの存在であるフルカタが、まだ名も知られていなかったナハトを己の騎士団に誘ったのである。

普通の生徒ならば舞い上がってしまうほどの出来事だ。だが、ナハトがそれに対して返したのは、拒絶と、そしてフルカタの胸を揉《も》むという狼藉《ろうぜき》であった。

「……」

そんなナハトを、広いこの団室に何十人といるフルカタの部下たちが恐ろしい目つきで凝視している。

彼らにとって、ナハトは完全に敵だ。許可があれば、即座に斬り捨ててやろうと腰の刀に手を掛けている者すらいる。

そう、今の状況は敵地に飛び込み、図々《ずうずう》しくも相手に部屋を譲れと交渉しているわけである。

シャーロットは、生きた心地がしなかった。

だがやがて、そっぽを向いたままのフルカタが手招きし、それに応じてボーイッシュな女性団員が顔を寄せると、ボソボソとその耳元に何かを囁《ささや》き始めた。

女性団員は、はい、はい、と大事そうにそれを聞き、やがて姿勢を正すと真面目くさった顔で言う。

「フルカタ団長は、こうおっしゃっている。『不憫《ふびん》ではあるが、助けることはできない。なぜならば、お前たちは自分たちの手で騎士団を立ち上げたからだ。騎士団運営は真剣勝負、そして真剣勝負の場に卑怯《ひきよう》はない。甘えるな』、と」

「……なんで自分の口で答えないんだ……？」

そんなフルカタを不思議そうに見ながら、ナハトは呟《つぶや》く。

「そりゃそうかもしれないけどよ、だからって勝負の場そのものから追い出すなんて、かっこ悪くねえか？　あんただって、俺たちとやり合いたくねえのかよ」

すると、またフルカタが部下に耳打ちをした。

「はい、はい。……ええと、団長はこうおっしゃっている。『それはお前の素行が悪いせいだ。お前のしたこと、してきたことが、今自分に返ってきているのだ。私は言ったはずだ、素行を改めろと』」

「うっ……。け、けどよっ……」

「『集団の一人として襟を正せないのならば、追い払われるのは当たり前。今から我が配下に加わり品行方正な人物を目指すというのならば、受け入れはしよう、だが』……」

「だあっ、その横の、可愛《かわい》いねえちゃんを通して話すのやめろ！」

ついに我慢できなくなったナハトが、立ち上がって吠《ほ》える。

なぜフルカタは己の口で語らないのか。

「かっ、可愛い姉ちゃん!? ええい、失礼な！　わ、私はお前の先輩で、侍で、それにこの騎士団の副団長だぞ！　失礼な……失礼な！」

「うるさい、あんたはちょっと黙っててくれ！　フルカタ先輩、俺はあんたと話してるんだよ！」

赤い顔をして、刀の柄に指を添えながら女性団員が言うのを遮り、ナハトはさらに身を乗り出してフルカタに吠える。

すると、驚いた様子のフルカタが赤い顔をしながら「ヒッ……！」と小さく悲鳴を上げのけぞった。

「俺のことはどうでもいいんだ、今はあんたのことを言ってんだよ先輩！　あんた、品行方正が好きなんだろ。なのにこのやり方はいいのかよ!? ただのいじめじゃねえか！」

「貴様、いいかげんにしろ！ 我らが団長相手に、なんと厚かましい！」

誠心会の団員たちがついに耐えかねて、一斉にナハトを押さえつけにかかる。

だがそれを振り払いながら、ナハトが顔の触れ合うぐらいの距離までフルカタに迫った。

「なあ、どうなんだ先輩！ あんたにとって、これは正しいことなのかよ！ あんたの口で喋《しゃべ》ってくれよ！」

「うっ、あっ、ああっ……」

すがりつくように魔剣を抱いてのけぞるフルカタ。

それでもぐいぐい距離を詰めてくるナハトに耐えかね、次の瞬間。

「うあああああああああー!!」

斬撃が、放たれた。

「うおおおおっ!?」

顔の直《す》ぐ側《そば》を一撃が通り過ぎていき、ナハトが驚きの声を上げる。

ナハトの髪の一部を切り裂いていった、本気の一撃。避《よ》けなければ、どうなっていたか。

「ふーっ……ふーっ……！」

立ち上がり、抜き放った魔剣を構え荒い息を吐くフルカタ。

鬼気迫るその姿にさしものナハトも後ずさり、恐怖に震えるシャーロットが縋《すが》り付《つ》く。

「おっ、おっ、おっ……おちつ、落ち着いてください、フルカタ先輩っ……！　ナハト、早く！　早く謝って！」

「わ、悪かったたって先輩、そこまで怒ってるとは思わなかったんだ。だから……」

その瞬間。魔剣を振り上げたフルカタが、奇声と共に襲いかかってきた。

「シャアアアア――ッ!!」

「うおおおおっ！」

「キャアアアッ！」

慌てて誠心会の団室から飛び出すナハトとシャーロット。

それを見送りながら、ぜえぜえと肩で息をするフルカタに部下たちが恐る恐る問いかけた。

「だ、団長、それほどお怒りだったのですね……。どういたしましょう、今からやつらを追いかけて捕らえましょうか？」

「いらん！　捨て置け！　……私は、しばし奥で瞑想《めいそう》する！」

魔剣を鞘《さや》にしまい、苛立《いらだ》たしげに言い残し奥の団長部屋に飛び込むフルカタ。

後ろ手に勢いよく扉を閉め、動悸《どうき》が落ち着いてくると、たった今自分がしたことに対する激しい後悔の念が湧いてくる。

（くそっ、なんたることだ、この私がこのように取り乱すなどっ……！　あってはならないことなのに！）

本来は、冷静に諭し導くことが上級生である自分の役割であったはずだ。

そうあろうともした。だが、駄目だった。

あの男……ナハトに近寄られると、どうしようもなく動揺してしまう。

（くそっ、あいつが悪いのだっ……！　あいつが、あのような破廉恥《はれんち》な真似《まね》をするからっ……！　おのれ、おのれ、おのれえっ……！）

ナハトに胸を揉《も》まれたあの時、フルカタの体をすさまじい電流のようなものが走り、耐えることができなかった。

皇女として生まれ、規律正しい人々の中で育ち、学園に来てからも気高き人物として一目置かれてきたフルカタ。

そんな彼女に、あんなことをする人間など今まで誰一人としていなかったのだ。

（おのれ、ケダモノめっ……！　よくもこの私に、あんなっ……あんなっ……！）

全ては、ナハトのせいだ。そうに決まっている。

だが、あの時から毎日のように想像せずにはいられないのだ。

そう、興奮した獣《ナハト》に無理やり抑え込まれ、必死に抵抗するがどうにもできず、それで……。

（ああああ！　煩悩退散、煩悩退散！）

風紀
あ
あ
あ
あ
あ
あ
あ
ぁ
あ

ぶんぶんと首を振りながら、内から湧き出してくる何かに耐えようとするフルカタ。

その腰で、色欲を司《つかさど》る魔剣〝ルクスリア〟が、彼女の自制心をあざ笑うかのようにカタカタと刃を鳴らしていた。


一方。ナハトたちは、命からがら逃げ延びた廊下でどうにか息を整えていた。

「はあ、はあ……やべえ、ありゃマジで殺しに来てたぞ。命の危険を感じたぜ」

「はあ、はあっ……もう、馬鹿！　ちょっと考えればわかるでしょ、無理だって！」

シャーロットが半泣きで言い、さしものナハトも申し訳無さそうな顔で答える。

「悪かったって。フルカタ先輩なら、ああ言えば譲歩してくれると思ったんだけどな。まさかあんなに憎まれてたとは。……こうなると、あと三人に期待するしかねえか」

「……あと三人、って……。あんた、まさか他の先輩たちにも同じことするつもり……？」

「ああ、そのつもりだが。他に手も思いつかねえし。駄目か？」

「ついさっきあんなに怒らせたミルティ先輩の所にも行くつもりなの、アンタほんとに大物だと思うわ……。悪い意味で……」

「そう言うな、なんでも試してみるもんだろ。駄目元で行ってみようぜ」

だが、むろんその結果は惨憺《さんたん》たるものであった。

まず、次に向かった魔剣姫《まけんひめ》スピカ・イーシャウッドの騎士団〝ブリリアント・クイーン〟は相手にすらしてくれなかった。

　立ちふさがった団員たちは「スピカ様は多忙でお前の相手などしない」の一点張りで、団室にすら入れてくれない。

　更に次、ミルティ・アルカードの団〝ムーン・グロリアス〟の団員は入り口で「少し待て」と言って引っ込んでしまい、しばらくして抜き身の武器を持った数十人がゾロゾロと出てきたので慌てて逃げる羽目になった。

　そして二年生魔剣姫の最後の一人、ラナンシャ・トゥート。

　ようやく通された団室で、これがラストチャンスと、シャーロットは全力で相手の情に訴えかけた。

「そういうわけで、私たち、せっかく騎士団を立ち上げたのに部屋の一つも譲ってもらえないんです、ラナンシャ先輩いい！」

　ラナンシャの騎士団、〝亜種族連合〟の団室で泣き真似《まね》までしてみせるシャーロット。

　そんな彼女に、ラナンシャは潤んだ瞳を向けながら答えた。

「まあっ、なんて可哀想《かわいそう》なの、シャーロットちゃんっ！　あんまりだわ！」

　ラナンシャ・トゥート。黒い肌に豊満な体をした、ダークエルフの魔剣姫。

　灰色の髪にぴんと尖《とが》った耳、目が大きく愛嬌《あいきょう》のある可愛《かわい》らしい顔。

　まるで幼女のような陽気さだが、その胸は制服から零《こぼ》れんばかりで、ボタンの隙間から黒く豊かな胸の一部が露出してしまっている。

（よしっ、いけるっ。やっぱり、ラナンシャ先輩はちょろい！）

そんな彼女の反応を見て、シャーロットが胸中で喝采をあげる。

ダークエルフは陰気な者が多いことで有名だが、ラナンシャは別だ。

誰にでも優しく、明るいその性格で学園随一の人気を集めているのである。

そんな彼女のことを、シャーロットはよく知っていた。

魔剣姫《まけんひめ》同士の会合で、何度も話したことがあるからだ。

押せばいけると踏んだシャーロットが、後ろで黙って話を聞いているナハトを指差して
さらに畳み掛ける。

「このナハトに至っては、天涯孤独の身で学園にやってきたっていうのに、転入初日から
ずっといじめを受けているんですっ！　休む暇もないぐらい追い回され、あれやこれやの
嫌がらせまで！　不憫《ふびん》だとは思いませんか!?」

それを聞いたラナンシャがはっとした顔でナハトを見つめ、そして、

「まあ、なんて可哀想《かわいそう》なの！　ナハトちゃん！」

ナハトを引き寄せその豊かな胸に抱きしめてきた。

「えっ、あっ、ちょっと!?」

予想外の展開に、シャーロットが声を上げる。

「可哀想なナハトちゃん、辛《つら》かったでしょう？　ママの胸で泣いていいのよ、よしよし！　お部屋も用意してあげましょうね！」

ナハトの頭頂部に自分の頬《ほお》を擦り寄せながら、慈愛に満ちた声で囁《ささや》いてくるラナンシャ。

ナハトの境遇が、彼女の母性を刺激してしまったらしい。

そんなラナンシャの体からは、なにか甘い香りがしてくる。彼女の腰に手を回してその柔らかさを堪能《たんのう》しながら、されるがままになっているナハトが呟《つぶや》いた。

「ママ……」

「ママ、じゃないわよ、馬鹿！　ちょっと、離れなさいよ！」

シャーロットが怒り顔で声を張り上げた。

そしてそこで、ラナンシャの部下が二人の間に割り込んできて引《ひ》き剥《は》がす。

「おっと、そこまでだ。……ラナンシャ、下級生を甘やかすな。それはこいつらのためにならん」

それは、全身が爬虫類《はちゅうるい》のような鱗《うろこ》で覆われた男子生徒であった。

リザードマンと呼ばれる少数種族だ。その頭部は、人間よりトカゲに近い。

「団室は、悪いが回さん。うちにも事情がある。そもそも、早いうちに手を回さなかったお前たちが悪いのだ」

「えっ、なによガーくん、いいじゃない部屋ぐらっ……もがっ」

ムニュン

ガーくんと呼ばれた彼は、不満げに言うラナンシャの口を塞いで続ける。

「団室が欲しいのなら、泣き落としではなくこちらが納得するほどの交換条件を用意するんだな。……おい、お客人のお帰りだ！　お見送りして差し上げろ！」

「えっ、ちょっと待ってくださ……キャッ！」

シャーロットは抗弁しようとしたが、そこで亜種族連合の団員たちが一斉に群がってきて、ナハトもろとも部屋の外へと押し出されてしまう。

そしてバタンと扉が閉じられた団室の中で、ラナンシャが声を上げた。

「ちょっとガーくん、ひどいじゃない！　あの子たち、あんなに困ってたのに！　力になってあげましょうよ、ねっ！」

「馬鹿か、あんたは。あいつらは魔剣を狙ってるんだぞ。つまり、敵だ」

リザードマンの彼、ガーはラナンシャの副官だが、その立場は極めて対等に近い。

ラナンシャの上下関係を作りたがらない性格のせいもあったが、すぐに甘いことをするラナンシャを彼が諌《いさ》めて騎士団を成り立たせているところが大きいからだ。

「それにな、言われてんだよ。学園の運営によ。あいつらは危険だから、野放しにはできない。抑え込みに協力するようにってさ。こっちにゃ断る理由もねえ」

「私は、そんなの受け入れてない！　ガーくんが勝手にやったんでしょ！」

ぷうっと頬《ほお》を膨らませてラナンシャが吠《ほ》える。

そう、団室の占拠は学園を運営する元老院の命令であった。

「そうとも、俺の勝手だ。だがその勝手は団のためだ。元老院に睨《にら》まれれば、せっかくここまでデカくなった騎士団の妨げになっちまう。……するんだろ、学園一の騎士団を作って、少数種族の肩身が狭くない学園によ」

「う～……」

真面目な顔で言うガーに、ラナンシャが渋い顔をする。

そう、それがラナンシャの目標であった。誰でも、どんな種族でも自分の力を存分に振るえる学園にすること。ひいては、大陸から少数種族への偏見を無くすこと。

だが、そのためにナハトたちのような下級生を追いやることが正しいとは、とても思えない。

そういうラナンシャの胸中を見透かして、ガーが続けた。

「そもそもあいつらは学園の統一を目指してるんだ。なら、これはあいつらが選んだ試練だろ。成長の妨げにしかならねえぞ、甘やかしはよ」

「うう～……」

ラナンシャはそれでも不満そうに唸《うな》っていたが、やがてぷいっと顔を背けて団長室に向かいながら言った。

「それでも、本当にシャーロットちゃんたちが困っていたら、私は助けるから。誰がなんと言おうとも！」

そしてそのまま行ってしまう。

おそらく、おやつのやけ食いでもするのだろう。

そんな彼女を見送りながら、ガーが小さく呟《つぶや》いた。

「もちろんだ。そんなアンタだから、尽くしがいがあるんだよ」

3

「終わったっ……。終わったわ、もうお終《しま》いよ！」

魔剣姫《まけんひめ》たちに相手にされず放り出されてから、数日後。

そこには、放課後の教室で机に突っ伏しわんわんと泣いているシャーロットの姿があった。

「そう言うなよ、まだわかんないだろ」

「わかるわよ、団室がなければ団員を集めても意味がないもの！　騎士団を維持できないなら船を持ってても宝の持ち腐れよ！　うわあああん、これからたくさん稼ぐぞって思ってたのにい！」

ナハトが励ますように言ったが、シャーロットは泣くばかり。

あの後、魔剣姫《まけんひめ》の配下ではない騎士団の人間にも声を掛けて回ったが、どこも相手にしてくれなかったのだ。

まさに八方塞がり。

ナハトにとっても面白くない状況だ。

(ちっ、喧嘩《けんか》で負けるならまだしも、こんなしょうもない手でやられちゃたまんねえ。つまんねえことしやがる)

だからと言って、暴れてどうにかなることでもない。どうすべきか考え込んでいると、そこで教室の出入り口あたりがざわついた。

何事かと目を向けると、そこには。

「……ナハト、シャーロット、いる? ちょっと話があるんだけど」

両腕を組んで立っている、アリアの姿があった。


「なによアリア、話って?」

アリアに連れられるままに訪れた、学園内の小会議室。

そこで、ナハトたちに背を向けていたアリアが、意を決したように話し始めた。

「シャーロット。あんたたち……元老院の標的にされてるわよ」

「……元老院……? 魔剣姫の先輩たちじゃなくて?」

シャーロットは不思議そうに聞き返したが、ナハトは納得がいった様子で頷《うなず》いた。

「だと思ったぜ。すべての団室を占拠させる、なんてことを指示できるのは、この学園を運営しているあいつらぐらいだろうしよ」

魔剣姫全員が、ナハトたちを恐れて一斉にそんな行動に出るわけがない。

ナハトたちを封じ込めたいのは、おそらく元老院。

そしてその通達を受けた、魔剣姫たちの部下が手を回したのだろう。

「ええっ、なによそれ、じゃあ私たちを潰《つぶ》そうとしてるのは、元老院ってこと!? そんなのおかしいわよ！」

ようやく理解の追いついたシャーロットが大きな声を上げる。

「学園を運営する元老院は、中立公正がモットーでしょ!? なんでそんな真似《まね》……！」

「私に聞かれたってわかんないわよ。でも、元老院が飛島《フラクタル》に関するアンタたちの悪い噂《うわさ》を否定せず、更に手を回して団室を手に入れられないようにしてるのは間違いないわ。あんた、なにやったのよナハト」

アリアが困った顔で言い、ナハトはそっと目を逸《そ》らして答えた。

「さあな。思い当たることがねえわけじゃねえが、わかんねえ」

そんなナハトをアリアはじっと見つめてきたが、やがて目を逸らし、僅かに頬《ほお》を赤く染めながら言った。

「……そう。まあ……そういうことなら。……あんたたちに、特別に譲ってあげてもいいわよ、団室。うちも多めに確保してあるから」

「えっ⁉」

その予想外の言葉に、シャーロットが驚きの声を上げた。

「え、なに、どういう風の吹き回しよ、あんた……。いつも嫌がらせばっかりしてきたくせに。いや、もしかしてこれもなにかの嫌がらせ？」

「はあ⁉ 失礼ね、あんたはすぐそうやって人を疑うんだから！ いや、そりゃたしかに嫌がらせは一杯したけど！」

ジト目で言うシャーロットにアリアが言い返し、コホンと咳払《せきばら》いをして続けた。

「……ナハトには、討伐教練の時と飛島《フラクタル》の時、二回助けてもらったから。恩を受けたままじゃ気持ち悪いから、それを返すだけよ。悪い？」

「……アリア、お前……」

アリアの言葉に、ナハトが感動した表情を浮かべる。

「なんだよ、お前ほんと良《い》いやつだな！ ありがてえ、凄《すご》くありがてえぞ！」

「わっ、きゃっ⁉ ちょっ、ちょっとっ⁉」

言いながら、ナハトが両手を広げて近寄ると、アリアが驚いた様子で赤い顔をした。

だが、ぎゅっと目を瞑《つぶ》っているアリアを抱きしめようとしたその瞬間、二人の間にすっと人影が割り込んだ。

「おっと、それ以上は困りますわナハト様。うちのお嬢様は、こう見えても姫君。殿方に気軽に近寄ってもらっては困ります」

それは、黒い執事服を身に纏《まと》った短髪の女だった。

気の強そうなその顔を見て、思わずナハトが呟《つぶや》く。

「おお、美人……」

彼女はどこか子供っぽいところのあるアリアと違って大人びており、またその顔はなかなかに整っていた。

美人ではあったが、むしろ男前と表現したくなるような顔立ちだ。

そんな彼女を見て、シャーロットが眉根を寄せた。

「げっ、オデット……。あんた、戻ってきたのね」

オデットと呼ばれた彼女がにこりと笑みを返してくる。

そして背後に庇《かば》っているアリアに声を掛けた。

「お嬢様」

（あ、あぶなかった……。オデットを潜ませててよかったわ。顔見るだけでも照れるのに、いきなり抱きしめられたら心臓止まるわよっ……！）

「お嬢様」

「えっ……あ、なに!?」

赤い顔で胸を押さえていたアリアが、ようやくオデットの声に気づいて振り返った。

するとオデットは優雅に一礼し、続ける。

「新しい御学友に、私を紹介していただけると助かります」

「あ、ああ……。こいつは、オデット。私の子供の頃からの付き人よ。私の国で一番強い魔戦士《マグス》の娘なの。歳も同じで、一緒にこの学園に通ってるわ。……怒らせるとおっかないから、気をつけてよね」

「おっかないは余計ですが、どうぞよしなに」

アリアにそう紹介され、オデットがこちらに一礼する。

よろしく、と答えてからナハトは言った。

「付き人なのに、アンタ飛島《フラクタル》に行った時とかはいなかったよな？」

「お嬢様の命で、騎士団としての任務に赴いておりました。商船の護衛など、我が祖国の安全保障にかかわる仕事にまずは参入する必要がありましたので。ですが……」

そこで、ちらりと視線をアリアに向ける。

「私が不在の間に、トロールごときに負けそうになったり、飛島で命を落としそうになったりしたとか。お嬢様のうっかりは相変わらずです。やはり、私が付いていなくては」

「よっ、余計なお世話よ！　ちょっと失敗しただけで、あんなの、なんてことなかったんだから！　保護者面をするのはやめてって、何回も言ってるでしょ！」

その言葉に、アリアが口を尖《とが》らせて反論をした。

それを見ながら、ナハトは思う。

なるほど、この二人は主従関係というよりも姉と妹のような関係らしい。

すると、そこでシャーロットが耳元に囁《ささや》いてきた。

「ねえ、ナハト。オデットは、かなり手強《てごわ》いわ。もしかしたら、魔剣を持ったアリア以上に。あの二人が揃《そろ》ってると、かなり厄介よ」

だろうな、と納得したように頷《うなず》く。おそらく、アリアがまたたく間に大規模な騎士団を編成できたのは、オデットの功績が大きいのだろう。

「と、とにかく、予備に取っておいた団室はナハトたちに譲るから！　いいわね!?」

「ええ、お嬢様の決定でしたら。ですが、それをする意味はわかってらっしゃいますか？」

高飛車に言うアリアにオデットが答え、そして返事を待たずに続けた。

「この状況で団室を譲るということは、他所《よそ》からはお嬢様とこちらのナハト様の騎士団が手を組んだと映るでしょう。それは、他の魔剣姫《まけんひめ》様たちや元老院に逆らうも同じこと。その覚悟はおありなのでしょうか？」

「なんだ、そんなこと」

ふっと笑い、アリアが髪をかきあげる。

そして強気な表情で答えた。

「どうってことないわよ。元から他の魔剣姫《まけんひめ》たちも全員倒して、私が学園最強を勝ち取るつもりだったもの。いい宣戦布告だわ。生徒の邪魔をするような元老院も、なんだっていうのよ。ボケ老人ども、この学園に籠《こ》もってばかりいるから世の中がわかってないんだわ」

そして両手を腰に当て、満面の笑みを浮かべて続ける。

「これからは、経済的に豊かな国の時代。つまり、最先端の商業国家の姫君である私の時代よ！　それを、この学園中の人間にわからせてやるんだから！」

「まあっ、お嬢様、素敵ですわ！　それでこそでございます！」

そんなアリアの周りをぐるぐる回り花吹雪を散らしながら、オデットが褒めちぎる。

おだてる時はとことんアリアをおだてるのがオデットのやり方だ。

それを呆《あき》れた表情で見ながら、アリアの変な性格はこうして作られたんだろうな、とナハトは思った。

「ま、じゃあこれからは同盟ってことでいいのか？　嬉《うれ》しいぜ」

「ふ、ふん、まあね。こんなやり方気に食わないし、どのみち上級生の魔剣姫たちとやりあうには戦力不足も感じてたし。他の奴《やつ》らを倒すまでは、まあ、協力関係でいいんじゃないの？」

そっぽを向いたアリアがそう答えると、少し複雑そうな顔をしたシャーロットが呟《つぶや》く。

「まさか、あんたと同盟関係になるなんてね……。でもそうね、一年生同士で潰《つぶ》し合ってるより、上を目指したほうが建設的だわ」

「ちょっと、勘違いしないでよねシャーロット！　別にあんたと同盟組んだわけじゃないから。私は、ナハトと組んだの。あんたはおまけよ、お・ま・け。せいぜい私と比べられて、存在感がなくならないよう頑張るのね」

「……あんたって奴は、またそうやってひねくれた口を……」

この期《ご》に及んでまだ敵対意識を見せるアリアに、シャーロットがどんよりした顔で言う。

だが、すぐに気を取り直す。アリアとの同盟関係は、なんにしろ心強い。

そんな三人をニコニコ笑顔で見つめながら、オデットが言った。

「では、ナハト様たちは団室のことは心配せず、引き続き団員集めを頑張ってください。それが終わりましたら、同盟関係を強化するためにいろいろとやっていただく必要がありますでしょうし。そう、いろいろと……ね。ウフフフフ」

「……アンタ、またなにか悪巧みしてるんじゃないでしょうね？」

アリアが疑惑の視線を向けつつ尋ねたが、オデットはそれに答えることなく、ただほほえみ続けていた。

第三章　策謀

1

「待ちやがれ、転入生！　勝負しろ！」

昼飯時の学園に、生徒たちの怒声が響き渡る。

叫びながら校庭を駆けていく生徒たち、その先頭にはナハトの姿があった。

「ちっ、テメーらいいかげんにしろ！　負けても負けても挑んできやがって、キリがねえ！」

走りながら後ろを振り返り、嫌そうな顔で叫ぶ。

悪評が広まってからナハトを狙う生徒の数は更に増え、まともに相手をしていては昼食にもありつけない有様だ。

さすがのナハトも堪《たま》りかね、今ではひたすら逃げることにしているのである。

「おっ、良さそうな隠れ場所発見！」

学園の敷地内を駆け回り、勢いよく角を曲がった所で古ぼけた塔を見つける。

かつて使われていた見張り塔のようだ。学園内にはこういう歴史ある建築物がよく放置されている。

その側面に手をかけて猿のように素早く登り、さっと物見台に隠れる。

やがて下から「いないぞ、どこにいきやがった！」などと探す声が響き、やがて通り過ぎていった。

「やれやれ、しつけーやつらだ。昼飯時ぐらいゆっくりさせろっての」

少し顔を覗《のぞ》かせて周囲に追跡者たちがいないことを確認し、ごろりと床に寝転がる。

石でできた物見台の床は冷たくて気持ち良い。

少し様子を見てから食堂に戻ろう、などと考えていると、そこでふと不思議なことに気がついた。

（……なんだあ？　空はいつから薄緑色になりやがった？）

寝転がって見上げた視界は、薄緑に支配されていた。

不思議なこともあるものだ、とナハトがそれをじっと見つめていると、どこからか声がかかる。

「ねえ」

それは少女の声であった。なんと面妖な、空が薄緑色になった上にそこから少女の声が聞こえるとは。

「ねえ」

もしかして自分はなにかの手違いで死んで、天国にでも来たのだろうか。

だとしたら驚きだ、天国の空は薄緑色をしている。

「ねえって」

「んー？」

そこでようやく返事をし、顔の向きを変える。

するとそこには、見張り台の縁に腰掛ける女子生徒の姿があった。

「……私のパンツ。覗《のぞ》くの、やめて欲しい」

座ったまま柱にもたれ掛かっている少女が、気怠《けだる》げに言う。

そう、ナハトが見上げていたものは、彼女が穿《は》いている下着であった。

「嫌なら、自分で足を閉じりゃいいじゃねえか」

ナハトが言うと、その少女はしばらく考えた後、ぼそぼそとした声で答える。

「めんどい」

「変わってんなあ、お前」

「君には言われたくない」

変わり者同士でそう言い合い、あらためて彼女を見つめる。

くすんだ金色のショートヘアーに、眠そうな目元。

だが顔立ちはなかなかに美形で、それもそのはず、彼女の耳は鋭く尖《とが》っていた。エルフだ。

体はエルフらしくほっそりとしており、差し込む陽《ひ》の光に照らされて、彼女はどこか神々しくすら見えた。

「それと、ここ、私の隠れ家……。来られると、困る」

エルフの彼女がボソボソと非難めいたことを言うが、ナハトはまた元の体勢に戻ると薄緑色を見上げながら答えた。

「そっか。じゃあ、今日から二人の隠れ家だ。よろしくな」

「……君みたいな酷《ひど》いやつ、見たことがない。人のパンツを見ながら、そういうこと、普通言わない」

彼女はぼそぼそと非難を続けたが、こちらが聞いていないと気づくとため息を吐《つ》いた。

どうやら追い出したり足を閉じたりすることより、面倒臭さのほうが上らしい。

強い日差しが入ってこない見張り塔、そのひんやりとした床に寝転がるナハトは、やがて浅い眠りに迷い込んでいった。

「……やっちまった。寝過ごした」

それからどれほど時間が経《た》っただろうか。ようやく目を覚ましたナハトは、困った表情で呟《つぶや》いた。

昼休みの時間はとうに終わり、グラウンドからは生徒たちの声が響いてくる。

先程の女子の姿はどこにもなく、なんだよ起こしてくれりゃいいのにと自分勝手な事を呟《つぶや》いた。

まんまと寝過ごして、午後の授業をサボってしまった。

学園では、授業への途中参加は認められていない。

「やっちまったあ。こりゃ、後でシャーロットにどやされるぞ」

理由のないサボりが続けば、退学になってしまう。

団長としての気構えがなっていないと、きっとシャーロットは怒るだろう。

言い訳を考えなくては、とナハトは思ったが、その時健康なお腹《なか》がグウと音を鳴らし、即座に気持ちを切り替えた。

「昼食を食いそびれてたな。とりあえず、燃料補給だ」

しかし、と思う。

あの少女は、誰だったのだろうか。なんだか不思議なやつで、本当にここにいたのか少し不安になる。

また、会えるだろうか。

2

「……げ」

その足で食堂に向かったナハトは、そこに、ある人物の姿を見つけて嫌そうな声を上げた。

他に誰もいないがらんとした食堂。

その中央で、見覚えのある顔が食事をとっているのに気づいたからだ。

「……貴様か。授業の時間になにをしている。この不良め」

食事の手を止め、彼女がナハトを睨《にら》む。

エレミア・キールモール。

この学園の学園長代理にして、稀代《きたい》の魔戦士《マグス》と呼ばれる才女だ。

肩まで伸びた白く美しい髪に、宝石のような瞳。陶磁器のようにきめ細かい肌をした美少女ではあるが、その雰囲気はどこか冷たい。

そしてついでに言うならば、その胸は平坦《へいたん》であった。

「別に、わざとサボったんじゃねえよ。つーか、そういうあんたはどうなんだ」

言いつつ、エレミアの向かいの椅子に座り、呆《あき》れたようにテーブルを見つめる。

そこには、十を超える皿が並べられていたからだ。

まさか、これを全部一人で食うつもりだろうか。

なにげなく、皿に盛られた唐揚げに手を伸ばす。

だが手が唐揚げを掴《つか》むより先に、エレミアが箸でその皿を引き寄せてしまう。

「やらん。私のだ」

「……こんなにあるんだから、一個ぐらいいいだろ」

「量は関係ない。お前にはやらん。それと、私はもうこの学園での全てのカリキュラムを修了している。一年の時から、ほとんど授業に出たことはない」

言いつつもエレミアの箸がせわしなく動き、次から次へと皿を空にしていく。

とんでもない食欲だ。

「あんた、見た目によらず大食いなんだな……。つーか、なんだよ。在籍してるのは形だけで、授業は免除かよ」

「私は、卒業後も学園の運営に携わるつもりだ。そのような人間が建前でも学園を卒業していないとなると、よろしくないからな」

無表情に食事を平らげていく姿を呆《あき》れたように見つめながらナハトが言うと、面白くもなさそうにエレミアが答えた。

「ふーん。ま、あんたの事情はどうでもいい。それより」

そして、頬杖《ほおづえ》をついて面白くなさそうな顔でナハトが核心に迫る。

「――あんた、俺たちに嫌がらせしてるだろ。なんでだ？　何が気に食わねえ」

「……」

ナハトのその言葉に、エレミアは食事の手を止めてじっと見つめ返す。

そのままにらみ合うように沈黙が続き、やがてエレミアが口を開いた。

「なんのことだか、わからんな」

「ごまかすなよ。俺たちの悪い噂《うわさ》をほったらかしにしたり、団室を埋めさせたり。あんたと元老院のやつらが裏で手を引いてるなんて、馬鹿でもわかる」

「お前の妄想だろう。なぜ私がそんな事をする必要がある？」

「あんたが、俺を嫌ってるからさ」

「それは、お前もだろう。転入初日から、お前は私のことを嫌っていた」

言い合い、互いの間にバチバチと火花が飛び交う。

ナハトはしばらく沈黙していたが、やがて言った。

「嫌っちゃいないさ。ただ……」

「ただ、なんだ」

「ただ……あんたを見ていると、育ての親の、爺《じじい》を思い出すだけだ」

その言葉に、エレミアがその美しい顔を精一杯に歪《ゆが》ませた。

「……お前は、嫌がらせの天才だな。こんなに言われて嫌だった言葉は、生まれて初めてだ」

「……悪い。言い過ぎた」

それに、思わず素直に詫《わ》びを入れる。

お前を見てあのハゲを思い出すと言われては、さすがに傷つくだろう。

するとエレミアは小さくため息を吐《つ》いた。

「お祖父様《じいさま》と私の関係は、聞いているのだったな」

「ああ。あのハゲが、あんたの唯一の肉親だってことは聞いてる。その爺を……十年も、俺があんたから奪ってたこともな」

そっぽを向いて、感情を乗せないように苦心しながら言う。

ナハトの育ての親は、エレミアの祖父であった。彼はナハトを育てるために学園を離れ、結果としてエレミアは家族のいない環境で学園に取り残されたのだ。

その祖父の推薦のおかげで、ナハトは学園に入れた。

だが、それを伝えられたエレミアがどんな気持ちであったかは想像できる。

「……悪かったな。あんたを、家族から十年も引き離しちまってよ」

そっぽを向いてそう言うと、エレミアは透明な瞳でじっと見つめてきた。

ナハトにとっても、育ての親は唯一の家族なのだ。

その本当の家族に対して、負い目や嫉妬心を感じずにはいられないのである。

泰然自若としているようでも、ナハトもまだ、たった十五歳の少年なのだから。

「別に、お前が悪いわけではあるまい。それはお祖父様のお考えがあってのこと。そもそも、お前を育てるだけならここに連れてくればそれでよかったのだ」

言いつつ、いつの間にか全ての料理を平らげてしまったエレミアが箸を置く。

「お祖父様《じいさま》は、元からこの学園を離れたがっていた。お前のことは、そのついでのようなものだろう。だから、おまえが気に病む必要はない」

「……」

予想外の言葉に、驚いた表情でナハトがエレミアを見つめる。

もしかして、励ましてくれているのだろうか。

だが席を立ったエレミアは、そっぽを向きながら告げた。

「だが、それはそれだ。はっきり言おう。お前は、学園の敵だ。お前の存在は、この学園にとってマイナスでしかない。学園は、敵を決して許さない……覚悟しておくといい」

そう言って、悠然と歩き去っていく。

その背中には、明確な拒絶が現れていた。

(敵、ね。俺のことだけじゃねえ。どうやら爺《じじい》と元老院の間にも、なにかあるらしいな)

あの爺、そんなこと一言も言ってやがらなかった。

小さくなっていくエレミアの背中を見送りながら、ナハトが考える。

もしかしたら、爺は爺でなにか自分の狙いがあるのかもしれない。

もちろんそんなこと知ったことではないが、場合によっては……。

（ッ……！）

そこまで考えた所で、何者かの殺気を感じ取ったナハトが立ち上がり構えを取る。

しかも、一つではなく複数。どこからともなく濃厚なそれが纏《まと》わり付いてきて、今にも襲ってきそうな気配だ。

「誰だ！　こそこそ隠れてないで、襲いたいならとっととかかってこい！」

周りを見回しながらナハトが叫ぶ。

だが——次の瞬間に殺気は消え去り、何者かの気配も去っていった。

「……ちっ。どうやら、本格的に命を狙われてるらしいな」

はたして、何者だろうか。

どちらにしろ、しばらくは身の回りに気をつけたほうがよさそうだ。

3

「いい、ナハト。まだ騎士団に属してないような生徒は、ほとんどが問題児よ。正面から勧誘しても、まず入ってくれないと思うわ」

ワフリナに貰《もら》った、騎士団に所属していない生徒のリストを片手に学園の廊下を歩きながらシャーロットが言う。

放課後、二人は本格的な勧誘活動を始めていた。

「それに、いろいろ問題も抱えてると思う。それを理解した上で、うまいことだまくらかしてうちに入れてよね」

「……だまくらかすのは、決定なのか？」

「そりゃそうでしょ。転入早々、学園中に喧嘩《けんか》売って、飛島墜落《フラクタル》の汚名も着せられてるアンタが団長なんだもの。まともな神経のやつは絶対に避けるわよ」

ぷうっとシャーロットが頬《ほお》を膨らませる。

不本意だが、ナハトの〝ゼロの騎士団〟は、所属したくない騎士団のぶっちぎりでナンバーワンであろう。

「この上、相手にいろいろ求めてたら、とてもじゃないけど集まらないわ。選《よ》り好みはしないでよね、ナハト」

「へいへい。ってもよ、このリストのうち何人かはもう学園を辞めちまってるみたいだぞ。他にも授業に出てなくて退学になりそうなのとか、そんなんばっかだ」

「そうなのよね。でもなんとかやる気のある人を総当たりで見つけて……」

などと二人が話し合いながら歩いていくと、向かいから生徒数人が駆けてきて声を上げた。

「戦争だ戦争だ！　校庭で、どっかの騎士団どうしが戦争するみたいだぞ！」

それを聞いた他の生徒たちが、ぱっと笑顔を浮かべ、校庭に向かって駆け出す。

それを見ていたナハトたちは、思わず顔を見合わせた。

「戦争か。そういや、実際にやってるところを見たことなかったな」

「なら、見ておいて損はないわね。よその騎士団の練度や編成も見れるし。行きましょ！」

などと言い合い、野次馬根性《やじうま》丸出しで駆け出す。

そしてすでに多数の生徒が集まっている中庭につくと、その中央では二つの騎士団が睨《にら》み合いをしているところだった。

そのうちの片方、圧倒的に数の多い騎士団の中央に立つ、筋骨隆々でモヒカン頭の男子生徒がにやけ顔で吠《ほ》えた。

「おい、ハオラン！　てめえんとこの騎士団もここまでのようだな。今から俺たち〝ハイフレイム〟に頭下げるなら、うちの傘下《さんか》にしてやってもいいぞ！」

それに対し、圧倒的に数が少ないほう……いや、少ないどころかたった五人しかいない陣営の、その中央に立つ獣人の男子生徒が答える。

「黙れ、アーカス！　我ら〝六爪武家《ろくそうぶけ》〟、この身尽き果てようとも貴様らに折る膝はなし！　今日こそは貴様らの非道の、その報いを受けさせてくれるわ！」

その彼、ハオランと呼ばれた彼は猫科の獣人、それも虎の獣人であった。

全身を覆う虎柄の体毛に、２ｍ近い巨体、そしてその顔は人より虎に近い。

手は虎に近く、その爪は鋭く長く、そしてその手に、方天戟《ほうてんげき》と呼ばれる槍《やり》状の武器が握られていた。

「はっ、相変わらず威勢がいいな。だが、テメーはやる気でもお仲間はどうかな？」

「なにっ？」

アーカスが言い、ハオランが仲間の方を振り返る。

彼の後ろに立っていた四人は、全員が青い顔で震え、そしてそのうちの一人が許しを請うような顔でハオランに告げた。

「わ、わりいハオラン、もうこれ以上付き合いきれねえよ……。勝てるわけがねえんだ、こんなの！　俺たちは抜けさせてもらう！」

「あっ、待て、お前たち！」

言って駆け出した仲間たちをハオランは制止したが、彼らは止まらずそのまま行ってしまった。

それを見ていたハイフレイム陣営から、一斉に笑い声が上がる。

「はっはっは、情けねえなあ、ハオラン！　これが、かつては大手に数えられた六爪武家《ろくそうぶけ》の最後に残った奴《やつ》らかよ！　仲間を見捨てて逃げ出すとは、とんでもない腰抜けどもだ！」

「黙れ、それもこれも貴様らの執拗《しつよう》な嫌がらせによるものであろうが！　戦士として恥を知れ、アーカス！」

「馬鹿が、勝負の世界に恥もなにもあるか。勝てば英雄、負ければクズ！　それが世の中だ、間抜けが！」

激しく罵り合いを続ける両者。それを見ていたシャーロットが、声を上げた。

「やだ、あれハオランじゃない……！」

「なんだ、知ってる奴か？　シャーロット」

ナハトが尋ねると、シャーロットは少し困ったような顔で答えた。

「うん、ちょっとね……。でも、ハオラン、まさかあの数相手に一人でやるつもりかしら」

ハオラン一人に対して、相手は五〇人以上はいる。

どう見てもフェアな戦いではない。

「ふん。戦争ってのは卑怯者《ひきようもの》が勝つものだって爺《じじい》がよく言ってたが、見てる分には気持ちよくはねえな」

そうつまらなさそうに言う間にも、両陣営はついに戦争を開始しようとしていた。

「どうしても負けを認めねえってんならしょうがねえ。公開処刑だ！　おい先生、宣戦布告だ！」

アーカスが横に目を向けて言うと、そこに立っていた眼鏡《めがね》の教師が小さく頷《うなず》き、右手を掲げて宣言した。

「これより、私ルーデルの立ち会いにより騎士団ハイフレイム対六爪武家の戦争を開始する！　賭けるものは互いの騎士団の解散！　相違ないな!?」

「問題ねえ！」

「異論ない！」

「よろしい、では……戦争開始！」

ルーデルと名乗った教師が右手を振り下ろし、瞬間、ハイフレイム全員とハオランの体が魔力体に変換される。

魔力体とは、学園で訓練用に使用する〝魔力で擬似的に肉体を形成〟したものだ。死ぬような傷を負っても、魔力体から元の体に戻るだけで怪我《けが》はしなくてすむ。世界でも、未《いま》だ学園だけが保有している最先端の技術である。

そして次の瞬間、ハイフレイムの団員たちが一斉に駆け出した。

「死ね、虎野郎！」

ハイフレイムの中でも近接戦を得意とする団員たちが一気に距離を詰め、得物を振りかぶる。

だがそれを悠然と迎え撃ったハオランが、手にした得物を勢いよく振るった。

「邪魔だっ……吠《ほ》えろ、破閃方天戟《はせんほうてんげき》！」

瞬間、方天戟の形をした魔具《ギア》〝破閃方天戟〟から衝撃波が吹き出し、ハイフレイムの団員たちを薙《な》ぎ払《はら》った。

「ぎゃあっ！」

彼らは全員、たったの一撃で魔力体を砕かれて吹き飛んでいく。

そしてそれには目もくれず、ハオランが突撃を開始した。

「アーカス、俺と立ち会え！　貴様だけは、許してはおけん！」

「けっ、いつまでもあの勢いは続かねえ！　数で押し潰《つぶ》せ！」

ハイフレイムの団員たちが迎撃し、遠距離を得意とする団員が炎や風の魔術で援護攻撃を仕掛ける。

激しく動き出した戦局を見ながら、ナハトが驚きの声を上げた。

「あの猫のおっさん、つえーな！　あの数相手に一人で戦ってやがる」

「おっさんって……。ハオランは二年生だし、私たちとたいして変わらないわよ。でも、ハオランも持ってる魔具も確かに強いわね」

ハオランの破閃方天戟は銀等級の魔具だ。

魔具の等級としては中間に位置し、学園内でも上位の生徒だけが与えられている。

つまり、ハオランはそれほどの実力を持つ生徒だということだ。

「それよりナハト、よく見ていて。これが戦争よ。まず事前に、片方の騎士団が相手に戦争を布告して、仕掛けられた方は戦争に条件を出す。合意すれば、こうして学園側の人間の立ち会いの元、勝負することになるの」

「条件か。今回は、お互いの解散を賭けてるとか言ってたな」

「そういうこと。戦争の形式は、立ち会う人物――〝立会人〟が決めるわ。今回は、ただ魔力体を破壊しあうだけの一番簡単な条件みたいね」

いつかは自分たちもやることになる事だと、真剣にルールについて話し合うナハトたち。

そんな二人が見守る前で、孤軍奮闘していたハオランが徐々に押され始めていた。

飛んでくる魔術や飛び道具の魔具《ギア》を避《よ》け、払い、動き回るうちにスタミナが削られ、その間にも容赦なく近接用の魔具による攻撃が襲いかかってきて休む暇がないのだ。

「ぬううっ……！」

呼吸を整える暇すらない。じっとしていれば集中砲火を浴びる。

だが徐々に周囲を囲まれ逃げ場が減っていく。焦《あせ》りが集中を乱し、乱れれば避けたはずの攻撃が己の体を掠《かす》めていく。

まるで集団で猛獣を狩るように、ハイフレイムの団員たちはハオランを追い詰めようとしていた。

「ちっ、面白くねえな……数が多いだけじゃねえか、あいつら」

「戦いってのはそういうものよ。数を揃《そろ》えることも立派な戦術。戦争ってのは、事前の準備がものを言うんだから」

ナハトが言うと、シャーロットが表情を曇らせながらも答える。

　そして、ついにハオランが敵に捉えられる瞬間が訪れた。

「きひっ、喰《く》らえっ！　魔具〝沼招鉄環《しょうしょうてつかん》〟！」

　背が低く頭がハゲているハイフレイムの団員が吠《ほ》えて、両手を地面につける。

　するとその両手につけられた鉄の腕輪が輝き、瞬間、地面が沼へと変じる。

　そしてその沼は地面を真っ直《ます》ぐに伝っていき、ハオランの足元で広がった。

「なにっ！」

　両足をその沼に取られ、ハオランが驚きの声を上げる。

　なんとか両足を引き抜いて脱出しようとするが、うまくいかない。

「きひひっ、無駄無駄！　俺の沼に一度捕らえられたら、二度とは逃げられんぞ！」

　沼を生み出した団員が勝ち誇る。

　彼の魔具〝沼招鉄環〟は、地面を沼に変えるだけの魔具だが、集団戦においては大きな効果を発揮するのだ。

「はっはっ、情けねえ姿だなあハオラン！　ただの的だぜ、こいつは！」

　アーカスが勝ち誇り、ハイフレイムの団員たちが嘲笑を浮かべる。

　それを見ていたナハトが呟《つぶや》いた。

「さすがに、見てらんねえな。……ちょっと行ってくる」

「えっ、ちょっ、行ってくるって……。ナハト!?」

その間にも、アーカスが手にした鎖付きの鉄球を振り回しながら吠《ほ》えた。

「オラ、観念してくたばりな！　これでてめえの騎士団は終わりだ！」

アーカスの筋肉が盛り上がり、鉄球が繰り出される。

人の頭部より大きな、トゲ付きのそれは轟音《ごうおん》とともにハオラン目掛けて真《ま》っ直《す》ぐに飛び、そして。

それを、間に割り込んだナハトが受け止めた。

「なにっ⁉」

アーカスが驚きの声を上げる。

巨人をもたやすく打ちのめす自分の一撃が、あっさりと受け止められたのもそうだが、なによりあまりにも乱入者の存在が予想外だったからだ。

「てめえ……見たことがある。赤毛の転入生か！　なんのつもりだ、戦争に乱入なんて許されねえぞ！」

「その転入生っての、そろそろ止《や》めてくれねえかな……。まあいい。なに、あまりにもフェアじゃねえから見てられなくてな。おい先生、乱入のシステムはねえのかよ？」

ナハトが尋ねると、眼鏡《めがね》の教師は憮然《ぶぜん》とした表情で答えた。

「騎士団どうしが同盟を組んでいる場合は可能だ。君たちは同盟かね？」

「だってよ。……なあアンタ、俺たちは同盟だよな？」

ニヤリと笑ったナハトが、ハオランに尋ねる。

だがハオランは渋面を作り吐き捨てるように答えた。

「バカを言うな、貴様などと組んだ覚えはないわ！　騎士団どうしの真剣勝負に割り込んできおって、何のつもりだ貴様！」

「はあっ!?　なんだよ、あんたが困ってそうだったからだろ、そりゃねえぞ！」

「頼んだ覚えはない！　このトンチキめ、俺はこれから逆転するところだったのだ！　お呼びではない、とっとと失《う》せろ！」

「何だとこの野郎！　足ががっつり嵌《は》まってて、身動きも取れねえくせに！」

言い争いを始めた二人をアーカスがぽかんと見ていたが、やがて眉を吊《つ》り上《あ》げて眼鏡の教師に吠えた。

「おい先生、あいつら同盟じゃねえぞ！　こういう場合、どうなる!?」

「決闘《デュエル》や戦争への部外者の乱入は、校則で禁止されている。悪質な場合は、退学処分だ」

「なにっ!?」

眼鏡の教師の冷静な言葉に、ナハトが驚きの声を上げた。

「そりゃねえぜ、先生！　一人をいたぶってるような勝負のほうが悪質だろ!?」

「両者は合意の上でルールに則《のっと》り戦争を行っている。その邪魔をするほうが悪質だよ」

「でもよ……！」

食い下がろうとするナハトに、堪《たま》らず飛び込んできたシャーロットが叫んだ。

「いい加減にしなさい、ナハト！　ごめんなさいハオラン、こいつ、悪気はないの！」

「姫様!?　まさか、その男は姫様のお連れですか……!?」

「なあ先生、手伝うぐらい……」

「だあっ！　てめえら、いい加減にしろ！」

ナハトの乱入のせいで場は大いに荒れ、怒号が飛び交う。

だがその時。背後から、アーカスに声がかかった。

「──アーカス。貴様、何をてこずっている」

「ハッ……アーベルト団長！」

その声の主が誰であるか気づいたアーカスが、慌てた様子で頭を下げた。

その額には冷や汗が光り、同時に一斉に頭を下げた団員たちの顔には緊張の色が見て取れる。

そんなハイフレイムの団員たちの間を、赤いローブを身に纏《まと》った、銀髪の男が悠然と歩いてくる。

そして、その顔に気づいたシャーロットが声を上げた。

「あんた……アーベルト！　そうか、ハイフレイムってあんたの騎士団だったわね……！」

その声には、明確な嫌悪の色があった。

するとこちらもシャーロットの存在に気づいたらしいアーベルトが、大げさな動作で頭を下げてみせ、どこか馬鹿にしたような声で言った。

「これはこれは、誰かと思えばシャーロット姫様。誰にも相手にされず、落ちぶれきっておられるとは聞いていましたが、まさか赤毛を暴れさせて我が騎士団に嫌がらせとは。落ちるところまで落ちましたな」

「なんですって……!?」

　あまりの言われように眉を吊《つ》り上《あ》げるシャーロット。

　そんな彼女に、横からナハトが尋ねた。

「おい、あいつも知ってる奴《やつ》か？」

「ええ。私の国の、隣国の王子よ。親子共々、いけ好かないやつ！」

　たっぷりと憎しみを籠《こ》めて言うシャーロット。

　だがアーベルトのほうはそれを気にした様子もなく、長い髪をキザにかきあげて言った。

「やれやれ、しかしこれは参りましたな。見ておれば、ようやく弱小騎士団を叩《たた》き潰《つぶ》せるところを乱入で妨害とは。これは重大な違反行為だ。……さては、負けを悟った貴様の仕込みか？　これで事を有耶無耶《うやむや》にするつもりか、汚らわしい獣人め」

「黙れ、アーベルト！　私はそのような卑怯《ひきよう》な真似《まね》はしない！　貴様とは違う！」

　ようやく沼から脱出したハオランが苛立《いらだ》たしげに答える。

するとアーベルトは思案顔をし、そして立会人の教師に尋ねた。

「先生。この場合、再開はどうなりますかな？」

「ふむ。乱入者を排除した後、改めて仕切り直しではどうかね」

「それはお甘い。私たちは勝つところだったのだ。相手にペナルティがないのは、どう考えても問題でしょう。なにより、卑怯者《ひきょうもの》には、罰を与えるべきだ」

「何をっ……！」

ハオランが何かを言い返そうとしたが、アーベルトはそれを無視して続けた。

「それに、こちらの兵どもはすっかり白けてしまった。今から戦えと言われてもこちらは困ります。その責任は取ってもらわねば。……さて、ではどうするか……」

そして、思いついたという顔でアーベルトが笑みを浮かべる。

「では、こうしましょう。……姫様、あなたはそこの赤毛と組んで騎士団を設立したとか。では、そこの獣人とあなたの騎士団、その両方と、我が騎士団とで後日再戦というのはどうですかな。ただし、宣戦布告はそちらからしてもらいます」

「えっ⁉」

予想外の言葉に、シャーロットが声を上げる。

「おや、ご不満ですかな？　では、乱入の責任をとって赤毛ともども退学となられますか」

「い、いや、それは……」

「では、決まりだ。おい貴様ら、今日は引き上げるぞ」

アーベルトの一言で、ハイフレイムの団員たちが魔具《ギア》を収め立ち去り始める。

そして自身も歩みだしながら、アーベルトが背中越しに言った。

「いつ再戦を行うかは、後日こちらから伝えます。せいぜい、頑張って強い部下でも探すことですな」

「……言われなくても、そうするわよ！」

シャーロットの言葉を背に、校庭を去っていくアーベルト。

その後に続きながら、アーカスが小声で尋ねた。

「よろしいのですか？　あの赤毛を退学に追い込めれば、我らの名もますます広まると思うのですが」

「構わん。ただの乱入では、どうせ退学とまではいくまいよ。せいぜいが謹慎程度、そんなつまらん真似《まね》をするよりも」

そして、アーカスがちらりと振り返り、シャーロットたちを見ながら暗い笑みを浮かべた。

「獲物が、向こうから飛び込んできてくれたのだ。この一件、最大限に利用させてもらう」

そして、アーベルトたちが去り、野次馬《やじうま》たちも散っていった中庭でシャーロットが呆《あき》れた様子で言った。

「はあ。ほんとにあんたは、どうしてそう考えなしに動くのよ」

「わりぃ、でもよ、見てられなくてな。それに戦争ってのは実戦を想定してるんだろ。なら横やりぐらい許してくれると思ってよ」

「まあ、それは一理あるかもだけど……。ああ、それにしても最悪なやつに因縁を作っちゃったわ、もう！」

シャーロットが嘆くと、その足元にひざまずいたハオランが申し訳無さそうに言う。

「申し訳ありません、姫様！　俺の騎士団の問題に、姫様を巻き込んでしまうとは……！」

「いいえ、ハオラン、あなたのせいじゃないわ。だから気にしないで。……ナハト、紹介するわ。彼はハオラン。二年生で、私の国の、同盟国の人なの」

シャーロットがそう紹介すると、ハオランはすっと立ち上がり、胡散臭《うさんくさ》そうにこちらを見ながら言った。

「ハオランだ。我が国は姫様の国に多大なる恩義があるゆえ、姫様には幼少よりお見知りいただいている。……だが、貴様」

「？　なんだよ」

「なんともまあ、野蛮な面構えと雰囲気よ……まるで蛮族だな。姫様、なんで高貴な貴方《あなた》様《さま》がこのような赤毛とつるんでらっしゃるのですか」

「何だとこの野郎、森に住んで草食動物をおっかけまわしてそうな外見しやがって。毛皮を剝《は》ぐぞこの野郎」

ため息とともに言うハオランに、思わず食って掛かる。

それを、シャーロットが諫《いさ》めてきた。

「はいはい、いちいち喧嘩《けんか》しない。ハオラン、こいつはナハトよ。私の騎士団の団長で、私が副団長なの……聞いてない？　私、こいつに負けちゃったの。それで、一緒に学園のトップを目指すことにしたのよ」

「……姫様が何者かに敗れたという噂《うわさ》は聞いておりましたが、それがこやつでしたか。まさか、赤毛とは。しかも、戦争に乱入するとは無鉄砲にもほどがある」

「うん、まあナハトも悪気があったわけじゃないの。大目に見てあげて。……でもハオラン、あなたの所属する騎士団は、たしか百人を超す大所帯だったわよね。それが、どうして一人で戦争なんか」

シャーロットが不思議そうに尋ねると、ハオランがふうとため息を吐《つ》いた。

「左様、姫様が入学してこられた当初はそのとおりでした。ですがその後、我が騎士団とあやつ……アーベルトの騎士団ハイフレイムとの間に抗争が生じまして。あやつらは、あらゆる嫌がらせや暗躍を繰り返し、俺の仲間たちは切り崩されていったのです」

「なるほど……陰険なアーベルトらしいわね」

シャーロットたちの話を黙って聞いていたナハトが、そこで口を挟んだ。

「なあ、あのアーベルトってのは隣国の王子だとか言ってたな。どういう関係だ？」

「あいつは、私の国の隣に位置する小国の王子なのよ。あいつの父王は国民を奴隷のようにこき使うことで有名で、あいつ自身も王族や貴族以外は人間じゃないって感じに扱うやつなの。私の国が分裂してからは、領土を広げてきて、いろんな嫌がらせをされたもんだわ」

「我が国も、また奴《やつ》の国の隣国。幾度も戦火を交えた間柄だ。……我が騎士団の団長も、俺と同じ国に住まう獣人だった。強い人だったが……奴らの闇討ちに遭い、二度と武器を握れぬ身にされてしまった」

口惜しそうにハオランがつぶやく。

一人でいるところを襲われた六爪武家《ろくそうぶけ》の団長は、両腕を焼かれ、まともに動かすこともできなくされてしまった。

重すぎる怪我《けが》は、魔具《ギア》を以《も》ってしても治療は不可能だ。

だが彼は恨み言一つ言わず、後をハオランたちに託して学園を去っていったのである。

「俺は、どうしても団長たちの仇《かたき》を討ちたかった！　だが、団長という支えを失った騎士団は瞬く間に衰退し、最後まで残った仲間も、たった今逃げ散ってしまった……。六爪武家も、もはやこれまでだ」

「あなたのせいじゃないわよ、ハオラン……そんなに落ち込まないで」

うなだれて、力なく言うハオラン。

シャーロットが慰めるようにその背中に手を当て、それを見ていたナハトが面白くなさそうに告げた。

「なんだよ、まだ終わってねえだろ。アンタが残ってんじゃねえか。騎士団としての看板はともかく、意志は引き継いでる。なら、最後までやりゃあいいじゃねえか」

「なに……？」

「言ってたろ、あのいけすかねえ野郎が。次は俺たち両方を相手にしてやるってよ。だったら」

そして、ニヤリと笑って、ナハトが告げた。

「おまえ、俺の所に来いよ。俺たちであいつをぶっ飛ばしてやろうぜ……お前の仲間の分までな」

第四章　騎士団結成

1

「おい、ナハト。こちらの品も全部外に出せばよいのか？」

埃《ほこり》だらけの部屋に、ハオランの声が響いた。

「おお、とりあえず全部出しちまえ。もうどれがどこの物かもわかんねえし、今さら取りにもこねえだろう。……しっかし……」

ボロボロのソファを担いだナハトが、めんどくさそうに返事をする。

そして改めて見回すと、部屋の中には廃品のような大量の家具が散乱し、あちこちに蜘《く》蛛《も》の巣が張っていた。

歩けば靴底が真っ白になるぐらい埃が積もっているし、窓は曇りきっていてまるで外が見えない。

ここは、アリアがナハトたちに譲ってくれた団室。ただ、どうやら騎士団たちの荷物置き場、というよりは廃品を押し込んでおく部屋として使われていたらしい。

このままではまともに使えもしない。仕方なくナハトたちは放課後にこうして掃除を行っているのであった。

「やれやれ、合併して最初の仕事が廃品掃除とはな。団室ならば、我らが使っていたものがあるものを」

せっせと働きながらハオランが言う。

あの後、ハオランはハイフレイムと共に戦うことを条件に騎士団の合併を受け入れた。

ただし、ハオランに言わせれば『貴様と組むのではないぞ、ナハト。我はシャーロット姫様と同盟を組むのだ』とのことらしい。

「しょうがねえだろ、ここは別の同盟相手が用意してくれた部屋なんだからよ。別の部屋が手に入るから、もういらねえなんて言ったらアイツが泣いちまうからな。……しっかし、お前。見かけによらず働き者すぎるぞ」

頭に頭巾を被《かぶ》り、エプロンを巻いて一生懸命に働くその姿を見ながら、ナハトが白けた声で言う。

外見は猫系なのに、真面目すぎる。

「見かけによらず、は余計だ。それに、部屋を綺麗《きれい》にしないと他の団員を迎え入れられないだろうが。わかったらとっとと働け、団長」

「へいへい……」

言われて、渋々ナハトが動き出す。

ハオランの言う通り、あと二人団員を集めなくてはいけない。そして集まれば、すぐにでも鍛えあい、動き出さなければいけない。

なにしろ、ナハトには学園を統一するという目標がある。ハイフレイムとの戦争も控えている。その準備には、時間がいくらあっても足りないのだ。

手分けして掃除を進めるナハトたち。

そしてその時、バンと勢いよく団室の扉が開け放たれた。

「ナハト！　ハオラン！　やったわ、新しい団員を連れてきたわよ！」

元気な声で言いながら、シャーロットが団室に飛び込んでくる。

それを、ナハトたちは笑顔で出迎えた。

「おおっ、マジか！　でかした、シャーロット！」

「さすが姫様、お見事です」

「ウフフ、そうそう、褒めて褒めて！　私をもっと褒めていいのよ！」

上機嫌で答え、胸を張るシャーロット。

そして扉を振り返ると、そこに立つ人物に手招きをした。

「さあ、遠慮せず入ってきて。汚い所で悪いけど、みんな大歓迎よ！」

すると、扉の所で様子を窺《うかが》っていた人物がそっと中に入ってきた。

「はい。では、お邪魔しますね」

「おおっ！」

おとなしそうな声でそう言う彼女を見た途端、ナハトが嬉《うれ》しそうな声を上げて鼻の下を伸ばす。

新しい団員だという彼女は、黒いシスター服を身に纏《まと》った、美しい少女であった。

「私、アンリエッタと申します。探訪者科《ヴァリアント》の一年生です。シャーロット様にお誘いいただき、参りました。気軽にアンリとお呼びくださいね」

そう言って丁寧にお辞儀をするアンリエッタ。

その顔は美しく、細い眉に幼女のようにキラキラと煌《きらめ》く大きな目、そして果実のように愛らしい唇をしていた。

ほっそりとした体に修道服がよく似合っており、その佇《たたず》まいはおっとりとしている。そしてその花のような笑顔は、場の空気を和やかにしてくれるようなものであった。

「こりゃ可愛《かわい》い。へへ、こんな美人なら大歓迎だ」

「むっ……」

嬉しそうに言うナハトと、それを聞いて不満そうな声を上げるシャーロット。

だが、その時、彼女の頭部を覆うベールに羽のような飾りが付いている事に気づいたハオランが、眉をひそめて尋ねた。

「……姫様。もしかして……彼女は、〝天使教団〟の信徒ですか？」

「えっ。あ、ええと、それは……」

その質問に、シャーロットが困ったような顔をした。

そして、不思議そうな顔をしながらナハトは口を挟んだ。

「天使教団？　なんだそりゃ」

「……貴様、天使教団を知らんのか。無知にもほどがあるぞ。いいか、天使教団というのは……」

「お待ち下さい。詳しくは、私の方からお話させていただきますわ」

そこで強張《こわば》った表情のアンリが話に割り込み、悲しそうな声で語り始めた。

「かつて、私の信じる天使教団は大陸で広く信仰されておりました。ですが……五〇年前の大戦乱期に、信徒の一部が蜂起し、各地で非道を行ってからは邪教と呼ばれるようになってしまったのです」

「ほお……」

その言葉に、ナハトは眉を寄せた。そしてその耳に、シャーロットが囁《ささや》いてくる。

「彼女はそんな天使教団の信徒であることを公言してるから、今でも売れ残ってたのよ」

「……なるほど」

天使教団は、現在でも様々な国でその活動が禁止されている。

そんな宗教の信徒であることをアンリは公言し、放課後はそうとわかるシスター姿で過ごしているので、周りからは煙たがられているのである。

「天使教団の教えは、『死後、天使様に迎えていただけるよう正しく生きよう』というものです。ですが、過去の信徒たちはその教えを捻《ね》じ曲げて伝えられ『争いをやめられない人間を救うには、これ以上罪を犯す前に殺すしかない』と信じこまされたようなのです」

アンリは目元に僅かな涙を滲《にじ》ませ、健気《けなげ》に続けた。

「確かに、過去に間違いの歴史はありました。でも、私は天使教団の考えそのものが間違ってるとはどうしても思えないのです。……見てください！」

「あ、ちょっと!?」

言いつつ、両手で自分のスカートの裾を掴《つか》んで引き上げたアンリを見て、シャーロットが慌てた声を上げる。

嬉《うれ》しそうにその中を見ようとするナハトに、その目を両手で隠すシャーロット、慌ててそっぽを向くハオラン。

三者三様の反応、だが、アンリのスカートの下を見たシャーロットが驚いた声を上げた。

「義足……!?」

そう、アンリの膝から下は、両足とも金属製の義足で出来ていたのである。

「はい。教団が私に与えてくださった足です。しかも、ただの義足ではありません。これは、魔具《ギア》なんです」

ニッコリと笑い、アンリが続ける。

「私は、幼い頃に事故で両親と両足を失いました。でも、そんな私を教団が育ててくださり、この義足型魔具《ギア》〝銀色兎《うさぎ》〟まで与えてくださったのです」

「魔具を？　そりゃ凄《すご》いな、この学園の外じゃ安くねえだろうに」

「はい。教団の信徒の中に魔具職人様がいらっしゃって、私が育った孤児院のシスターがお願いしてくださったのです。おかげで私は体と魔力を鍛え、この学園に入学することが出来ました。ああ、お導きに感謝します、天使様！」

両手を組んで祈りを捧《ささ》げ、感極まったようにアンリが言う。

「私が今こうしているのは、教団のおかげ。ですから、私は教団がかつて犯した過ちを認め、再び世の中に認めていただくようお手伝いがしたいのです。そのために、この学園に天使教団の教会を建てるのが私の夢です！」

キラキラとした目で、夢を語るアンリ。

だが、そこでなにかを思い出したのか、しおらしい顔で言う。

「ただ、その……。私、実は出来ないことがありますの。天使教団では、信徒一人一人が天使様と〝約束〟をします。自分の行いを制限することで、命に感謝するために」

「へえ、そりゃ変わってるな。あんたは、何を約束したんだ？」

ナハトが尋ねると、アンリはそっと両手を差し出して答えた。

「私は、天使様と『両の手を暴力のために使わない』とお約束しました。ですので、武器の類《たぐい》を持ったり、誰かを攻撃したりということが出来ないのです」

「えっ、うそっ!?」

黙って話を聞いていたシャーロットが、そこで驚きの声を上げる。

そんな話は初耳だ。両手が使えないって、魔戦士《マグス》としては大問題なんじゃ……。

一同が思わず黙ると、アンリは困ったような顔をする。

「あの、やっぱり駄目でしょうか……。この騎士団ならば自分の夢を目指せるとお聞きしたのですが、このような私では皆様のお役には立てませんでしょうか？」

不安そうに言うアンリ。

そこで、ナハトはニヤリと笑った。

「……いいや、問題ねえ。殴れない、武器も持てない魔戦士。上等じゃねえか。アンリ、入団を許可するぜ。これから、よろしくな」

「わあっ……！」

ぱっと、花が咲くように微笑《ほほえ》むアンリ。

だがそんなナハトに、ハオランが困った顔でツッコミを入れる。

「よいのか。天使教団を憎んだり恐れたりする輩《やから》は多いぞ」

「かまやしねえよ。俺は元から悪い噂《うわさ》にゃ事欠かないしな。それに、今決めたぜ。この騎士団は、はみ出し者や嫌われ者も大歓迎だ。ちゃんとした目標があれば、誰でも歓迎する。それでいいな？」

「……なんと適当な……。それでよろしいのですか、姫様？」

ハオランが尋ねると、少し考え込んでいたシャーロットが顔を上げて答える。

「うん、いいと思うわ。よく考えたら、殴ったり武器を持ったりするだけが魔戦士《マグス》の仕事じゃないもの。それに、アンリの目標ってとっても素敵だと思うし、信仰を人に押し付ける気もないみたいだし。なら、私としても大歓迎よ！」

「そうですか。姫様がよろしいのなら、俺も構いません」

「よっしゃ、決まりだな！　これで四人目だ、あと一人いれば……」

そうナハトが言った瞬間、開け放たれた団室の扉をコンコンと叩《たた》いて、誰かが口を挟んだ。

「あー、君たち。なにやら盛り上がってるところ、すまんがちょっといいか」

「あら、ペルチェ！　こんにちは、どうしたの急に」

戸口に立ちこちらを見ているのは、ドワーフのペルチェであった。

彼女はこほんと咳払《せきばら》いを一つして、喋《しゃべ》りだす。

「前に話していただろう、お前たちの騎士団に入ってくれそうな人材を、こちらでも探しておくと。造船科のほうで入りたいという人間がいるので、連れてきた」

「えっ、嘘《うそ》っ、ほんと⁉」

「ああ、もちろん嘘なんかじゃないさ。……入ってきたまえ、リッカ」

「はっ、はい、どもっす……！」

その合図とともに、もう一人が緊張した様子で団室に入ってくる。

その姿を見て、またナハトが嬉《うれ》しそうな声を上げる。

「おいおい、また可愛《かわい》い女子じゃねえか！　なんだよ、ついてんなあ！」

その言葉の通り、リッカは女生徒であった。

ただ、その頭部には二本の角が立ち、お尻からはトカゲのような大きな尻尾が生えている。

竜と人間の特徴を併せ持つ、竜人と呼ばれる種族であろう。

さらにオレンジのくせっ毛に、青色の瞳。少しふっくらとした体。

技師らしくオーバーオールを着ており、頭には溶接用ゴーグルが引っかかっている。

その顔立ちは少しそばかすがついた可愛らしいもので、胸元では豊満な胸が大きくせり出し存在を主張していた。

「こいつはリッカ。一年生のわりには腕のいい造船技師なんだが、その……少々、問題があってな。造船技師のチームを追い出されてしまったんだ」

「問題？　追い出されるってよっぽどね、なにをしたの」

「うむ、その……」

シャーロットが尋ねると、ペルチェはしゅんとしているリッカをちらりと見た後、答えた。

「……修理を依頼されていた船を、指定とは全然違う形に勝手に改造してしまってな。相手がカンカンで、直すのに多額の借金を背負ってしまったらしい」

「うわあ……。それ、技師として一番やっちゃいけないやつね……」

「うわああん！　だって、そのほうが速くて格好《かっこ》いいと思ったんすよおおお！　依頼者さんも喜んでくれると思ったのにいいいい！」

ごついグローブをはめた両手を顔に当て、わんわん泣き出すリッカ。

どう反応していいのかわからず一同が黙っていると、そこでリッカがいきなりがばっとナハトに抱きついてきた。

「あっ、ちょっと⁉」

「誰もあちしに仕事回してくれなくなっちゃったし、このままじゃ借金抱えて放校っすよお！　ここなら誰でも入れてくれて、お金も稼げるって聞いたっす！　あちしを拾ってくださいよぉ、団長さぁあああああん!!」

わんわん泣きわめきながら必死にしがみついてくるリッカ。

それを見ていたアンリが涙を滲《にじ》ませ、両手を組みながら告げた。

「団長様、入りたての私が言うのも何なのですが、この方、お可哀想《かわいそう》ですわ。入れて差し上げましょう！　彼女を救済することが、きっと貴方様《あなたさま》の大きな積徳となりますわ！」

それに対して、慎重なハオランが困った顔で言う。

「いいのか、今度は人の船を勝手に改造してしまう技師だぞ。船をいじらせると、どうなるかわからんぞ」

「だっ、大丈夫っす、もう懲りたので二度と勝手なことはしないっす！　技師としての名誉に誓って！」

ナハトに抱きついたままのリッカが慌てた様子でそう言い、だが次の瞬間にはにへらと顔を緩ませた。

「うへへ、でもこちらの騎士団さんの船は、あの伝説の、蒼穹《そうきゅう》の騎士団の船なんすよね……？　しかも、尊敬するペルチェさんが改造済みだとか。嬉《うれ》しいなあ、そんなすごい船を好きにしていいなんて……えへへ、えへへへへ……」

「おい、やはりこやつ危険だぞ」

ハオランが真顔で言うが、ナハトはリッカをぎゅっと抱き寄せ、はっきりと告げた。

「いい、許す。リッカ、うちの団にこい！　どいつもこいつも、俺が全員まとめて面倒見てやる。金もたんまりと稼がせてやる！　おまえら、俺について来い！」

「うわーん、団長、かっこいいっす！　一生ついていきますう！」

「素敵ですわ、団長様！　天使様がきっとあなたを祝福してくださいますわ！」

リッカとアンリに二人がかりでおだてられ、ニヤけるナハト。

それを呆《あき》れた表情で見ながら、シャーロットが呟《つぶや》いた。

「やれやれ。五人揃《そろ》ったのはいいけど、どいつもこいつも変わった団員ばっかり……。まともなのは、私ぐらいかしら」

横でそれを聞いていたハオランは、じっとシャーロットの顔を見つめ、そして誰にも聞こえないように小さい声で呟いた。

「申し訳ありませんが、姫様、あなたも変わり者なのは同じでございます……」

2

「おう、お待たせ。もしかして、待ったか？」

キールモール魔法学園の、その周辺に広がる街、通称城下町。

そこの、待ち合わせの定番である噴水広場前にナハトの声が響いた。

その目の前には、妙に気合いの入った服を着た美少女——魔剣姫《まけんひめ》のアリアが、ツンとした表情で立っていた。

「ほんとに遅い！　凄《すご》い待った！　レディを待たせるなんて、どういうつもりかしら！」

「いや、集合時間丁度のはずだが……お前、どれだけ前からいたんだよ」

「うっ」

そっぽを向いて言うアリアに、ナハトがツッコミを入れる。

今日は授業が休みの日で、時間は午後二時。昼飯時を過ぎた城下町は人波も激しくなく、穏やかな時間が流れていた。

そして、そんな二人を物陰から監視している怪しい影がある。オデットだ。

「一時間前からですよ、ナハト様。お嬢様は、それはもう楽しみにしていましたから」

サングラスと頭巾で顔を隠した、実に怪しい格好でオデットが呟く。

護衛として、オデットは陰から警護についているのだ。

そしてその警護の対象であるアリアは、今日この日のために服を何着も買い、前の晩からどれがいいかと大騒ぎし、寮を出る時には髪型が決まらないだとかやっぱり別の服が良いのではないかだとか大騒ぎしたのである。

『私のおしゃれぶりを見せつけて、あいつの度肝を抜いてやるわ！　……ところで、服ってどういうのが良いの？　私、自分で用意したことがなかったわ。そういえば』

だとか。

『あ、あいつってこういうの好きかしら……。相手に合わせて服とか髪をやったことないから、どうすればいいのかわかんない。ねえ、オデット、今からあいつの好み調べられない!?』

だとか。

『ね、ねえ、ちょっと頑張りすぎたことない!? 引かれたり、なんだこいつこんなに頑張るぐらい俺のこと好きなのかとか、勘違いさせちゃったりしちゃわない!? い、今から制服にして行ってやろうかしら! どうせ、あいつ大した格好で来ないし!』

だとか。見ているオデットがすごくおもしろ……もとい、すごく気を使う有様であった。

「けど、苦労した甲斐《かい》がありました……。すごく可愛《かわい》いですよ、お嬢様……!」

物陰からうんうんと頷《うなず》く、不審者ルックのオデット。

その視線の先で、二人の会話は続いていた。

「ちょ、ちょっと早くついちゃっただけよ! それより、今日はこの私があんたのために特別に付き合ってあげるんだから、感謝しなさいよね!」

赤い顔をしたアリアが誤魔化すように言うと、ナハトは笑って答えた。

「おう、ありがとよ。ま、同盟の強化だっつうんだから仲良くやろうぜ」

そう、正式に騎士団を立ち上げられたナハトと同盟の強化という名目で、今日二人は買い物に来ているのである。

団室に置く家具などを買うのが目的だが、それを言い出したのはオデットだ。

そんなオデットとの会話をアリアは思い出す。

『お嬢様、お嬢様があのナハトという御仁《ごじん》をお気に入りなのは察しました』

『べっ、別に私はあんなやつのこと気に入ってなんかな』

『あ、そういうのは結構です。変な意味ではなく、実力のある方として傘下《さんか》に招き入れたいのだという名目で結構ですので。お嬢様は、いずれ国を率いる女王となられる方。男の一匹や二匹のハートぐらいむしり取れなくてはいけませんわ。それにほら、シャーロット様に女としても負けたくないでしょうし』

『そ、そうね、シャーロットには負けたくないわ……。でも、どうやったらいいのかしら』

『それはもちろん、二人きりの時間を作って少しずつ距離を詰めるのが得策かと。私の見立てでは、シャーロット様とはまだお友達関係のはず。入り込む余地はあります』

そしてずいっと顔を近づけて、オデットは言ったのだ。

『お膳立ては私がいたします。お嬢様は、変なことをせず楽しく過ごしてくださればよろしいかと。大丈夫、お嬢様はとびきり可愛いですから。一緒にいたら、男はきっと夢中になりますわ』

（なんて、あいつは都合のいいこと言ってたけど、本当にそんなうまくいくのかしら……）

そしてちらっとナハトに視線を向ける。

ナハトはやたらと気合いの入っているこちらと違い、随分とラフな普段着でやってきていた。

（意識してないの、丸見えじゃない。そりゃ、こいつに凝った服なんて期待してないけど）

はあ、とため息をつく。私一人で空回りしてない？　これ。

そんなことを思っていると、アリアをしげしげと見つめていたナハトがふいに言った。

「アリア、お前の今日の服、すげー似合ってるな。可愛《かわい》いぞ」

「っ……」

急な褒め言葉に、アリアが頬《ほお》を染める。

「ふ、ふん、と、当然ね！　レディと一緒に出かける時は、まず服を褒める！　あんたもちょっとはお世辞ってやつができてるじゃない！」

「お世辞？　俺はお世辞なんて言わねえ。すげえ可愛いぞ、アリア」

「だああっ！　さっ、さあ、とっとといくわよ！　時間が勿体《もったい》ないから、時間がっ！」

真っ赤な顔を見られまいと、顔をそらしてアリアが歩き出す。

その後を追いながら、ナハトが尋ねた。

「なあ、時間はいいんだけどよ。おまえ、家具屋がどこにあるのか知ってるのか？」

「えっ」

言われてみれば、アリアは場所を知らない。

いや、そもそも城下町に来たことすらほとんどないのだ。

日用品はオデットや部下が用意していたし、騎士団の立ち上げや授業でいつも忙しくて遊ぶ暇なんてなかった。

そもそも、アリアに部下はたくさんいるが、休日に一緒に遊びに行くような友人は一人もいないのである。

「……知らない」

「だと思った。ほら、こっちだ」

素直に答えたアリアに笑いかけ、ナハトが前を歩き出した。

慣れない人混みの中で一生懸命についていくと、ナハトはこちらをちらりと振り返って、意地悪そうに言う。

「はぐれないように、手でも繋《つな》いでやろうか？」

「ばっ……馬鹿じゃないの!?　今日は、そういうのじゃないから！　同盟の強化って、そういう意味じゃないから！」

またもや赤くなってアリアが言い、ふんと鼻を鳴らす。

「前みたいに変なことしたら、シャーロットに言いつけるから！　あんたは今日、立場ある団長として来てるんだから、紳士的に接してよね！」

「うっ」

シャーロットの名前が出ると、ナハトはうめき声を上げた。

今日こうして出かけることは、シャーロットにも伝えていた。

するとかの女は表情を消し、冷たい声で答えたのだ。

『へー……。良《い》いんじゃない？　同盟なんだし。仲良くするのは。ふーん、へー。せいぜい、おめかしして行くといいわよ』

なぜかはわからないが、シャーロットは怒っていたような気がする。

下手なことをしてそれがシャーロットの耳に入り、へそを曲げられると……多分、困る。

(紳士的に、ね……。まあ、今日のところはおとなしくしておくか)

ナハトが心の中で呟《つぶや》き、そして人混みの中をくぐり抜け、目当ての店に向かった。

安い家具や雑貨を扱う、あまり大きいとは言えない店だ。

「あら、こんな店で買うの？　いまいちぱっとしないわね……まあいいわ、行くわよ」

そう言って店の入り口に立つアリア。

両手を組み、扉の前でじっと立つ。それを見て、ナハトが不思議そうに尋ねた。

「……なあ、それ、なにしてるんだ？」

「えっ？　……あっ」

自分の失敗に気づいたアリアが、ハッとした顔をする。

いつも扉の開け締めはお付きの人間がしてくれるので、〝自分で扉を開ける〟という発想が抜けていたのだ。

「なっ、なんでもないわよ！　ほ、ほら行くわよ！」

慌てて自分で扉を押し開けようとするが、それより早くナハトが進みだして扉を開き、手招きした。

「こういうことか。気が利かなくてわりいな。さあ、お嬢さん。中へどうぞ」

「……あ、ありがと」

少し赤い顔をして、そっぽを向いて答える。

……悪い気分ではない。正直に言えば。

そうして二人はやや埃《ほこり》っぽい店内に入り、家具を見繕い出したのだが、これがなかなかに大変なことになった。

「ねえ、ナハト、そんな安物の机と椅子なんてやめときなさいよ。何年も使うつもりなんでしょ？　騎士団の質にかかわるわよ」

「そうは言ってもよ、これより高いとなると予算的にきついぞ。他にも物入りだしな」

「馬鹿ね、身の回りの物にお金使わないでどこに使うのよ。特にこういうのは使う頻度が他の家具より圧倒的に高いわ。高いものを買ったほうが、最終的には安くすむわよ。ほら、これにしておきなさい」

商業国家の姫君であるアリアは、商品の目利きにもうるさい。

だがアリアが指差す家具、それに付いた値札を見て、ナハトはげんなりとした表情を浮かべる。

「お前、これ値段が五倍もするじゃねえか。高すぎる」

「そんなことないわよ、材質も作りも全然違うもの。あっちのは安い木材使ってて手触りも最悪だったけど、こっちなら最低限使うだけの価値がある物を使ってるわ。デザインは酷《ひど》いけど、しっかりしてるし安物にしちゃお値打ちだと思うわ」

「安物、ねえ……」

その一式の値段は、学食で何百回も食事ができるほどだ。

王女であるアリアにとっては安物なのだろうが、ナハトにとってはかなり高い買い物である。

ナハトがぐずっていると、ポーチから財布を出してアリアが言った。

「いいわよ、これぐらい私が出してあげるわ。元からアンタたちの騎士団の創設祝いをするつもりだったし」

「えっ。いや、そりゃわりいよ。そんなつもりで連れてきたんじゃねえぞ」

「いいって。いくらか借りも返したいし。いいから、このアリア様に任せておきなさい」

珍しく遠慮するナハトに、胸を張ったアリアが得意げに言う。

だが財布の中身をキョロキョロとした後、すぐに困った顔で言った。

「……ねえナハト、お金ってどれがどれなの？　買うにはどれを出せばいいのかしら」

「もうっ、いつまで笑ってんのよ！　馬鹿！」

買い物を済ませ、店を出て、並んで歩きだしたアリアが頬《ほお》を膨らませて言う。

ナハトはさっきからずっと笑いっぱなしだった。

「だってよぉ。お前、あんなに自慢げだったのに、自分の財布の中身どころか金の価値もわからないとかあるか？」

「しょっ、しょうがないじゃない、自分で払ったことないんだし！　帳簿の上では、ちゃんとわかるのよちゃんと！」

むきになったアリアが言う。

お店に買い物に行っても、いつも払うのは付き人で、アリアはそれを見ていただけだ。

「だからって、お釣りも知らないとかあるかあ？」

店員にお釣りを渡されてきょとんとし、持て余して、しまいには捨てようとするアリア。

その姿を思い出して、ナハトがまた笑い出した。

「もうっ！　いい加減にしなさいよね！」

「いてて、悪かったって。んで？　目的は済んだが、これからどうするんだ？」

赤い顔でぽかぽかと叩《たた》いてくるアリアにナハトが尋ねる。

するとアリアは少しぽかんとした後、ポーチから慌てて取り出した紙を見つめ始めた。

「そ、そうね……。じゃあ、これからは、少し街を案内してもらおうかしら。ど、同盟の強化のために、仕方なく」

「……なに読んでるんだ、それ？」

「あっ、ちょっ、駄目よ！」

やや棒読み気味にアリアがいい、興味を持ったナハトが横から紙を覗《のぞ》き込もうとする。

すると慌てて紙を隠しながら、アリアが言った。

「と、とにかく、どこか案内してちょうだい。良《い》い機会だから、城下町の商売の状況も視察しておきたいし。いいわね？」

「へいへい。仰せのままに、お嬢様」

「うむ、よろしい」

芝居がかった調子で言うナハトに、満足げに答えるアリア。

そして二人はぶらりと街中を歩き出す。


「これ、野菜の産地はどこなの？　……へえ、輸送はどうしてるの？　馬車？　そうよね、飛空船を使ってたらコストが高すぎるもの。一度の輸送量と費用は？　なるほど……今後、車を普及させることができたら価格革命を起こせそうね」

八百屋の前を通りがかると、アリアは興味深そうに値段をメモしだし、店員を捕まえてあれこれ聞き出し始めた。

そうかと思えば露店を出している商人を捕まえ、場所代など根掘り葉掘り質問を繰り返す。

「へえ、結構取られるのね。それなら商品は安めにしないと……って、なにこれ、凄《すご》い粗悪品！　これでこんな値段なんてボッタクリよ、ボッタクリ！　観光客や何も知らない人相手に売りつけようなんて、信じられない！　……私も、人を雇ってやろうかしら」

さらには、服屋に入ると次から次へと試着を始め、いちいち聞いてくる。

「どう、ナハト？　似合う？　え、まあそうよね、私なんだからなに着ても似合うわよね！　え、買わないわよ。だってこれ、見た目だけブランド物に寄せてるだけの粗悪品だもの。縫いは荒いし、生地も酷《ひど》いわ。でも一度だけ試着してみるのには良いわよね。……ところで、もう一度似合うって言ってくれる？」

一事が万事この調子なので、それを見ているオデットとしては気が気ではない。

(お嬢様っ、それでは殿方は引いてしまいます！　自分を抑えてください、自分を！)

陰から身振り手振りでその事を伝えようと必死なオデット。

ひたすら時間を楽しんでいたアリアは、そこでオデットの存在を思い出し、その意図を汲《く》み取《と》って青い顔をした。

(しまった、色々忘れて楽しんでしまった……！)

今日はナハトを籠絡するのが目的だったはずだ。

それが、ただひたすら自分の興味に走ってしまった。

付き人のように扱われて、ナハトは気を悪くしてしまっただろうか。並んで歩いている顔をちらりと見つめて、蚊の鳴くような声でアリアが尋ねた。

「ごっ、ごめん……。退屈だった?」

すると、意外そうな顔をしたナハトが目を合わせ、にっと笑って答えた。

「いいや、全然。アリア、お前、本当に商売のこと好きなんだな。今日はお前のことといろいろ知れて嬉《うれ》しいぜ」

「うっ……。な、ならいいけど……」

うめき、顔をそらしてアリアが言う。

どうしてこいつはこう、直球でこういうことが言えるのだろうか。

照れたりしないのだろうか。それとも、私のことを意識してないだけ?

そんな事を考えていると、ナハトがちらりと食べ物の露店が並んでいる方を向いて言った。

「そろそろ疲れたな。なんか食いながら、そこの公園で一息入れようぜ」

そう言って指差すその先には、広い公園があった。

「えっ、あ、うん。そうね」

「よっしゃ、ちょっと待ってろ。先に公園に行っててくれ」

上の空で返事し、言われたとおりに公園へと向かうアリア。

時間はいつのまにやら夕暮れ時、公園で遊んでいた子どもたちが家へと駆けていく。

そしてその端に並んでいる柵から見下ろすと、そこには絶景が広がっていた。

「へえ……！」

思わず声が漏れる。巨大な、山の如《ごと》き岩の上に並んでいる学園と城下町。

その端にあるこの公園からは、豊かな草原と村々、そして木々の立ち並ぶ森が彼方《かなた》まで一望できた。

「凄《すご》いわね……。飛空船から見る景色もいいけど、こういうところから見る景色も味があるわ」

この公園を潰《つぶ》してホテルでも建てたら絶景目当てに客が呼べそうね、などとろくでもないことを考えていると、やがて両手にソフトクリームを持ったナハトがやってきた。

「ほら、お前の分。ここのは美味《おい》しいぞ、俺が保証する」

「あ、うん。ありがとう」

それを受け取って、二人してベンチに腰掛ける。

美味しそうにソフトクリームを舐《な》め始めるナハト。

だが、アリアは手元のそれをじっと見ながら困ってしまった。

アリアは王女であるから、食事は学食など使用せず専属のシェフが作ったものを食べている。デザートも一流のものを口にしているので、露店の食べ物などはおそらく受け付けないだろう。

だがせっかくナハトが用意してくれたものだし、美味《おい》しく食べないのは申し訳なく思ってしまう。

口に合わなくても、美味しいと言おう……そう考えながらそっとソフトクリームに口をつけた瞬間、アリアは驚きの声を上げた。

「やだ、おいしい……！」

お世辞でもなんでもない、素直な言葉であった。

よく冷えたアイスクリームはわざとらしくない自然な甘さで、口の中で溶けて爽やかな後味を残していく。

「だろ？　ここの店、子沢山のおばさんがやってんだけどマジ美味《うま》いんだ。そこらの店にも負けてないと思うぜ」

「うん、まさか街の露店でこんな味を出してるなんてびっくりしたわ！　料理上手な主婦ってことかしら。低予算でこの味を出せるなら、店を増やせば……いや、でもその人の腕によるのならそれは難しいわよね」

やや興奮した様子で言いながら、ソフトクリームを食べ進める。

実際の所、それは半日動き続けた疲労と夕暮れの公園の空気、そしてなにより友達と一

緒に食べているという状況によるものが大きいのだが、アリアはその事に気づいていない。

そんなアリアを嬉《うれ》しそうな顔で見ながら、ナハトがふと尋ねた。

「なあアリア、ひとつ聞いていいか？　……お前とシャーロットって、なんで仲が悪いんだ？」

「えっ……」

食べるのを止《や》め、アリアが驚いた声を上げる。

そしてそっと視線を外して、しばらく思案していたが、やがて思い切ったように話し始めた。

「……シャーロットには、言わないでくれる？」

「ああ」

「そう。じゃあ、言うけど……私は、シャーロットの親戚なの。シャーロットの母親の弟が、私のお父さん。つまり元国王アレクシス王は、私のお父さんの、義理の兄なわけ」

ふう、とため息を吐《つ》いてアリアが続けた。

「子供の頃……まだイルルカ国が巨大な王国だった頃は、私も王宮にお呼ばれして王にお会いしたことがあったわ。本当に、優しくて偉大な方だった。そして、王女であるシャーロット姫は本当に輝いていて、私は親戚であることを誇りに思っていたの」

「その頃は、仲が良かったんだな」

「仲が良かった、というより私が一方的に好意を持ってただけよ。相手は、親戚とはいえ王女様だもの。本当に、シャーロット姫は特別だったの。魔力も私なんて目じゃないぐらい凄《すご》くて、そんな方と一緒に庭を歩いたり、本を読んだり。あの壮麗なイルルカ王宮で一緒に過ごした日々は、私にとって特別な時間だった。でも……」

そこで、辛《つら》そうにアリアが下唇を噛《か》んだ。

「あの事があって、会えなくなって、本当に久しぶりに再開したシャーロット姫は、もう特別じゃなかった。くすんで、偽物みたいで、それでいて私の顔色を窺《うかが》ってるの。私は……あんな姫様、見たくなかった。……あっ！」

そこで残っていたソフトクリームが溶け出してこぼれ、アリアの手を汚してしまった。

「おっと。すぐ溶けちまうのがこいつの難点だな。ほら、拭くから手を出しな」

「だっ、大丈夫よ、自分でも持ってるから」

慌ててハンカチを取り出したナハトがそれを拭おうとするのを断り、赤い顔をしたアリアは自分でハンカチを取り出して手を拭いた。

そしてソフトクリームをちゃんと食べきったアリアに、ナハトが質問を続ける。

「なるほどな。それが気に食わないから、シャーロットに辛く当たってんのか」

「別に、それだけじゃないわ。私、負けたくないの。……シャーロットのイルルカ国が没落から立ち直れてないのは知ってるわよね？」

「それが、私には歯がゆいのよ。持ち直す力はあるはずなのに、いつまでもそんな状況なのが。だから、私が私の国をもっと盛り上げて、それでイルカ国も飲み込んでやるの。かつての偉大な領土を取り戻して、もう一度大国を作り上げてみせるわ。もちろん、平和裏に。シャーロットじゃなくて、この私の手で！」

そう、かつての憧れを乗り越えて、自分のほうがもっと輝いてやるのだ。

そういう野望が、アリアにはあったのである。

そう夢を語るアリアを、ナハトは眩《まぶ》しいものを見るように見つめていた。

「……なるほど。でかいな、アリアの夢は」

「もちろんよ。……シャーロットから乗り換えるなら、今のうちなんだから」

言葉の後半は、顔を逸《そ》らし何気なく。

だが本気のその言葉に、ナハトは真面目な顔で答えた。

「俺には俺の夢があるから、乗り換えるとか乗り換えないとかじゃねえさ。……けど、お互いの夢を目指して一緒に頑張ろうぜ」

「……そうね。でも、そのうち私の部下にして欲しいって泣いて懇願させてやるわ。覚悟しなさいよね」

「そりゃおっかねえ。気を強く持っておかないとな」

笑顔で強気なことを言うアリアに、おどけた調子でナハトが答える。

そして立ち上がり、うーんと背伸びをして、今にも山陰に消えていこうとする太陽を見つめながらナハトが言った。

「さて、日も暮れるしそろそろ帰るか。お嬢様を、日が落ちた後も連れ回しちゃオデットに殺される。ほら、寮まで送ってくぜ」

「えっ……」

ナハトが帰るかと言った途端、胸にずきりと痛みが走ってアリアが呟《つぶや》く。

もう、今日は終わりなのか。まだちょっとしか過ごしてないのに。

いや、正確には何時間も一緒に過ごしたのだが、まるで足りない。もう帰らなければいけないという事実に、心が重くなった。

（……そっか。そういえば、私、友達と街に遊びに行くなんて初めてだったわ）

アリアは王女として大事に育てられたが、周りにいるのは友達ではなく仕える人々であった。

今後を期待され、厳しい訓練や稽古を課せられて育ってきたが、自身もやる気だったので決して嫌ではなかった。

だが、それでも年頃の娘なのだ。友達と遊ぶ、そんな平凡な時間が欲しくないわけがない。

（……帰りたくない。もっと、一緒にいたい）

そう思って、だがそれを言い出せず、ナハトを見上げる。

すると、そんなアリアの表情に気づいたナハトが言った。

「そんな顔するなよ。また遊びにくりゃいいだろ」

「えっ……。……また、連れて来てくれるの？」

「当たり前だろ？　何回でも遊びにこようぜ。ここだけじゃなく、いろんな所にさ」

笑顔で言うナハト。

その顔をじっと見て、驚くほど胸が弾むのを感じながら、アリアは答えた。

「……うん！」

第五章　絡み合う思惑

1

広大な学園の外れに、特に大きな施設がある。

障害物などが置かれたたくさんのフィールドに、観客席。

いくつもの騎士団が入れ代わり立ち代わり集まってくるそこは、騎士団同士の模擬戦を行う演習場であった。

演習場、と言ってもその目的はただ演習を行うことだけではない。

ここでは日々騎士団同士による〝ランク戦〟と呼ばれる戦いが行われている。

ランク戦は戦争とは違う、騎士団による競い合いだ。

様々な競技を騎士団同士で戦い、互いにポイントを競い合うことになる。

ランク戦で良き戦果を上げ、高いポイントを積み上げれば学園に持ち込まれる依頼の中でも重要かつ高額なものを回してもらいやすい。

逆にランク戦で勝てないような騎士団は、信用が得られず消えていく運命だ。

演習と言いつつも、実態は騎士団同士のもう一つの戦争と言ってよい。

そんな演習場に、シャーロットの元気な声が響いた。

「いいこと、みんな！　今から私たちが挑戦するランク戦は、成績次第で騎士団の運命が変わる重要なものよ！」

ゼロの騎士団の仲間、ナハト、ハオラン、アンリに真面目な顔で説明を続けるシャーロット。その表情からは、強い緊張が見て取れた。

「それだけじゃなく、戦争もランク戦と似た形式で行われることが多いわ。ハイフレイムとやりあう時のための、練習でもあるの。だからなんとしても勝って、いいお仕事を奪い取って、そんでもってもりもり稼ぐの！　ここからがスタートよ、いい!?」

鼻息も荒く言い切るシャーロットに、やや呆《あき》れた顔のナハトが言った。

「落ち着けよ、シャーロット。そんなに気負ってたら勝てるものも勝てないぞ。負けても後がある戦いなんだ、仲間にプレッシャーかけすぎるもんじゃねえ」

「あっ、そ、そうよね、ごめん。つい、私も緊張しちゃって」

シャーロットがしゅんとして謝ると、アンリが穏やかな声で励ました。

「大丈夫ですわ、シャーロット様。熱いお気持ち、痛いほど伝わってまいりました。大丈夫、皆で協力すればきっと勝てますわ！」

それに真面目くさった顔のハオランが続く。

「そのとおりです、姫様。今日の模擬戦の相手は、最低レベルの騎士団ばかり。勝てない相手ではありません。そして俺はランク戦の経験ならば十分に積んでおります。このハオラン、必ずや姫様に勝利を捧《ささ》げてみせましょうぞ」

さらに、背後からリッカが声援を送る。

「そうっすよ、あちしは戦えないのでお力になれないっすけど、全力で応援するっす！皆さん、ファイトー！」

そして、やがて演習場にブザーが鳴り響き、案内の音声が響いた。

『次の模擬戦に参加する騎士団の方は、指定されたスタート地点についてください』

「きっ、きたあ！　み、み、みんな行くわよ、準備は大丈夫!?」

びくりとしたシャーロットが、狼狽《ろうばい》した様子で確認する。

するとナハトがにやりと笑い、仲間たちに告げた。

「よっし、初陣《ういじん》だ！　これからのこともあり、そしてハイフレイムどもとの戦争も控えている。まごまごしてる暇はねえ、しっかり連携を組み上げて勝ちに行くぞ、おめーら！」

「おー！」

そして、演習場にいくつかあるフィールドのうち、長い直線で出来たものにナハトたちゼロの騎士団を含む五つの騎士団が並んだ。

周りのチームはいずれも弱小騎士団であったが、それはナハトたちも同じことである。

いや、それどころかこの試合にはひとつの騎士団で十人まで参加できるというのに、ナハトたちはたったの四人。

数の不利は否めないが、シャーロット以外の三人はどこ吹く風だ。

『それでは、ランク戦を開始します。選手全員を魔力体に変換、開始』

演習場の運営を行っている、学園の事務がマイク越しにそう告げ、その試合に挑む全員の体が輝き、魔力体に変換される。

そして全員の変換を確認した後に事務員が告げた。

『それでは、戦闘開始！』

合図とともに全ての騎士団が一斉に駆け出す。

ランク戦にはいくつかのルールがあるが、今回はそのうちの一つ。障害物の先にある〝宝〟を確保してゴールまで運んだ騎士団が勝ちとなる、〝争奪戦〟のルールだ。

飛島《フラクタル》への探訪では、いくつもの騎士団が同時に乗り込み宝の奪い合いとなることが珍しくない。

そういった環境で相手を出し抜けるよう、機動力や奪い取る技術を養うための模擬戦。

それが争奪戦である。

「ナハト！　まずは宝を手に入れないと話にならないわよ！」

「ああ、わかってる！　……けど、あれが宝だっつーのもいまいちやる気が出ねえな！」

その視線の先、５００ｍほど向こうにある台座の上には、無骨な鉄球が乗っていた。

それこそが宝の代わりというわけだ。

それを手に入れるべく、ナハトが全力でコースを駆ける。足の速さには自信があった。

だが、しかしそんなナハトを軽々と追い抜いていく一団があった。

「なにっ⁉」

「はっはっは、悪いな赤毛！　機動力でお前には負けん！」

ナハトのほうを振り返り、高笑いを上げる男子生徒。

彼とその仲間たちが速いのも当然で、なんと彼らは何かの生き物に跨《また》がっているのである。

彼らの足の下では、四本脚で毛むくじゃらの動物がせかせかと足を動かしている。

それを見たナハトが、思わず声を上げる。

「おい、あいつら犬に乗っかってるぞ……⁉」

「犬ではないっ！　幻獣だっ！」

くわっと目を剥《む》いた男子生徒が大声で言い返す。

そうは言うが、その動物は確かに犬のようにしか見えなかった。

乗っている男子生徒たちと同じぐらいの大きさの、犬のようなもの。

ふさふさだったりブチだったり様々だが、その首筋の毛が申し訳程度にちろちろと燃えている事以外はただの犬にしか見えない。

「ナハト、あいつら幻獣使いよ！　まずい、速度じゃ勝てない……！」

幻獣使いとは、具現化系の魔術をさらに細分化したものだ。自分のイメージ通りの生き物を一時的に生み出す魔術、それを身につけている者のことを言う。

創り出した幻獣で空を飛んだり高速で地を駆けたり。便利な魔術系統ではあるが、生み出される幻獣のサイズや能力は術者の魔力や熟練度に依存する。

この対戦相手たちは幻獣使いとしてはまだまだ未熟で、犬サイズしか生み出せないようだが、それでもその機動力は徒歩の比ではない。

「はっはー！　ぶっちぎりだ、宝は俺たちのものだ！」

ナハトたちを引き離し、幻獣使いたちが宝に手を伸ばす。

だが、まさに宝を掴《つか》み取ろうとしたその瞬間、その手が空を切った。

「なにっ⁉」

幻獣使いが驚きの声を上げる。

たしかに、たった今までそこにあった鉄球が、ふっと消えさったのだ。

その理由はすぐに判明した。

彼らより一瞬早く、シスター服の女子生徒——いつのまにか側《そば》まで駆けてきていたアンリが重力を無視したように飛び跳ねて、鉄球をかっさらってしまったのである。

「えいっ……やりました、皆様！　手に入れましたわ！」

シスター服の裾をふわりとなびかせながら着地を決め、アンリが笑顔で鉄球を掲げる。

その足元では、義足型魔具《ギア》〝銀色兎《うさぎ》〟が魔力の光を放っていた。

銀色兎の能力。それは、使用者の脚力を何倍にも強化するものだ。

だが、そんなアンリに幻獣使いたちが殺到し、手にした槍《やり》を向ける。

「このおっ！　それを寄越《よこ》せ！」

「きゃっ！」

アンリは銀色兎の力で跳ねて逃げようとしたが、その動きが鈍い。

宝の鉄球がかなり重いせいである。

この競技では、宝を運ぶ運搬役とそれを守る護衛役が必要になってくるのだ。

やがて追い込まれるアンリ、その体に幻獣使いが槍を突き立てようとした瞬間、だが横合いから何者かが飛び込んできた。

「オラァッ！」

「ぎゃあああっ!!」

ナハトである。追いついてきたナハトが幻獣使いの一人に飛び蹴りを見舞ったのだ。

一撃で不幸な彼はコースの外に吹っ飛んでいき、魔力体を砕かれリタイアとなった。

「げえっ、赤毛！　もう追いついてきやがった！」

「悪いが、あんたらに逃げ切られちゃ面倒なんでな。全員ここで倒させてもらう！」

言葉のとおりにナハトが襲いかかり、幻獣使いたちを暴風のごとく次から次へとなぎ倒していく。

だがその一人がこっそり背後へと忍び寄り、ナハトに奇襲を仕掛けようとしていた。

（舐《な》めんなよ、てめえなんか一突きだ！）

手にした槍《やり》を構え、突きかかろうとする幻獣使い。

だが、逆にその背後にシャーロットが迫り、剣による鋭い一撃を見舞った。

「そうはさせないわよ、っと！」

「ぐはああっ！」

たった一撃で魔力体を破壊され、幻獣使いが倒れ込む。

ランク戦に魔剣を使用する事は禁止されているため、シャーロットが手にしているのはただの剣だ。

だがそれでも、シャーロットの流麗な剣技は目をみはるものがあった。

「アンリ、私たちがフォローするから、そのまま宝をゴールまで運んでちょうだい！」

「はいっ！」

シャーロットが指示を出し、アンリが真面目な顔で答えて駆け出す。

やがて幻獣使いは一掃したが、そこで他の騎士団が追いついてきてナハトたちを取り囲んだ。

「赤毛！　てめえはとにかく気に入らねえ、ぶっ潰《つぶ》してやるぜ！」

「あんたらみたいな、目立つ奴《やつ》らが出張ってくると邪魔なのよ！　消えて！」

いい機会とばかりに他の騎士団たちが協力して襲いかかってくる。

そんな彼らを迎え撃ちながら、にやりと笑ったナハトが、その両手に嵌《は》められた魔具《ギア》〝魔蝕手甲《アバドン》〟を起動させた。

「いいぜ、楽しいじゃねえか。盛り上がっていこうぜ……起きろ、魔蝕手甲！」

――激しくぶつかり合うナハトたちと他の騎士団。

そんな彼らを、上から見下ろす人影があった。

「ふうん……。あれが、噂《うわさ》の転入生ってわけ」

観客席の一番上。全面がガラス張りで出来ており、演習場が一望できるＶＩＰ席。

そこに立つ彼女は、輝くような美貌と長い耳をしたエルフであった。

スピカ・イーシャウッド。魔剣姫《まけんひめ》の一人にして、最大手の騎士団〝ブリリアント・クイーン〟の団長。

プラチナブロンドの光を放つ髪に、エルフらしくスラリと伸びた体。

芸術品のようにきめ細やかで白い肌に、内に星を宿したような輝く大きな瞳。

自らアイドル魔剣姫《まけんひめ》を名乗り、学生たちを魅了してやまない学園の歌姫。

そんな彼女が、今、ナハトたちのランク戦を見つめているのである。

「ふーん……。たしかに、元気なやつね。武術の腕も、たしかにいいわ。両手の小手で魔力を吸収するって話も本当みたいね」

その言葉通り、視線の先ではナハトが敵の魔術を次から次へと無効化してみせていた。

それだけではない。ナハトに触れられた者たちは魔力を奪われ腰砕けになり、そのまま魔力体を失っている。

「触れられたら、並の魔力の奴《やつ》じゃ一撃でやられちゃうってことかしら。なるほど、まああ厄介かも。……でもねえ……」

スピカはそのままくるりと振り返り、ソファに座っている小柄な影に、小馬鹿にしたような顔で言った。

「ボクたちや元老院がわざわざ警戒するほどかなあ。アンタはどう思う？　直接やりあったんでしょ……ねえ、ミルティ」

彼女と同じ部屋でソファに腰掛けている人物……それは、同じ魔剣姫のミルティであった。

犬猿の仲であるはずの彼女たちが、一室に集まっていたのだ。

それだけではない。室内にはもう一人、同じく魔剣姫のフルカタまでもが立っていた。

「……」

スピカの言葉に、ミルティは反応を示さなかった。

ただ黙って、じっと座っている。

「なによ、無視しないでよ。……あ、それとも。可愛《かわい》い可愛い自慢の部下二人があいつにやられちゃいそうだったのが恥ずかしいのかなー？　ミルティちゃんは」

意地悪そうにスピカが言うと、ミルティがピクリと反応して顔を上げる。

「あやつらは、あの野蛮人に合わせて戦ってやっただけじゃ。まともに勝負しておれば、相手にもならなかったであろうよ」

「あら、それはどうかしら。あいつだって魔具《ギア》は使ってなかったんでしょ。もしガチでやってたら、どうなってたのかな～。案外、あんたも負けちゃってたりして」

「……よく吠《ほ》えおる、性悪エルフめが」

互いに強い言葉を投げあい、二人の間にバチバチと火花が飛び交う。

犬猿の仲である二人が揃《そろ》えば、当然そうなる。

だがそこで、フルカタが仲裁に入った。

「やめろ、つまらない言い争いなど。それより、今日は転入生を取り巻く諸々《もろもろ》に関しての意見交換という名目であったはずだ」

そう、ライバル同士である三人がこうして集まっている理由。

それは、ナハトという異分子に対する意見交換のためであった。

学園の支配を巡り争いあう魔剣姫《まけんひめ》たちだが、大手騎士団の長として互いに調整が必要だと思った時には、こうして話し合いを行うのである。

「議題は、転入生に対して我らがどう動くかであろう。ナハトに対する元老院の動き、いろいろと不審な点が多い。我らもただ言われるままに動いていてはババを掴《つか》まされかねん」

「まあねえ。赤毛なのにまあまあ強いとか、魔力を吸収する魔具《ギア》だとか、注目ポイントはあるわ。……けど、団室をボクたちに占拠させて騎士団設立を妨害したりとか、悪い噂《うわさ》をわざと流して潰《つぶ》そうとしたりとか、やる事がなーんかおかしいのよねー」

スピカが言うそれは、事実であった。

ナハトたちが飛島《フラクタル》を墜落させたという悪評、陰に元老院の動きがあるのは明白だ。

「ボケおじいちゃんたちはバレてないつもりみたいだけど、無理があるわ。明らかに、あいつらはあの赤毛ちゃんを嫌ってる。じゃあなんでって話なんだけど」

「あのナハトの魔具は、魔力を否定する魔具だ。赤毛が扱えるのならば、魔力の少ない一般人でも扱えるかもしれない。あれが研究され量産されて、魔力の高い人間の優位が揺るぐ事を警戒しているのではないか？」

フルカタが推論を述べると、スピカが鼻を鳴らす。

「それもあるかもねえ。でも、だとしたらおじいちゃんたち馬鹿すぎじゃない？　あんなもの、量産したからって大した役になんか立たないわよ。考えてもみなさいよ。あれを量産化できたとして、それを装備させた兵士が魔物の集団と戦ったらどうなるか」

そこで、ミルティが口を挟んだ。

「……有効ではあるだろう。だが、同時に莫大《ばくだい》な被害も出るだろうな」

「間違いなくね」

意見が噛《か》み合ったことに気を良くしたスピカが、うんうんと頷《うなず》く。

「あれって、触れなきゃ魔力を奪えないんでしょ？　魔物どもと超至近距離で殴り合ったらどうなるか。魔物も馬鹿じゃない。やられるにしても道連れを狙ってくる。――一戦で、どれぐらいこちらも削られることか」

その言葉には、僅かな恐怖と実感が籠《こ》もっていた。

彼女たちは魔剣姫として魔物との戦いに幾度も赴き、戦いによって生じた損害とも常に向き合ってきた。

いなくなった部下の数は、ちゃんと覚えている。そのような立場から見て、ほとんど素手の状態で部下を魔物と戦わせるなど、とても考えられない。

「武器ってのはね、射程距離が長ければ長いほどいいの。こっちは安全、だけど敵は一方的に倒せる。それが、武器の理想。今は接近戦用の魔具も多いけど、今後はそういう方向に進んでいくはずだわ。その理屈から外れられるのは、ボクたちみたいな特別《スペシャル》だけよ」

深い自信とともにスピカが言う。だが、それにミルティが不満を述べた。

「貴様は前線になど立たんだろう。後ろで味方を強化しておるだけではないか」

「あら、しつれーね。ボクだって必要ならちゃんと前に出ますー。ただ、魔剣の能力的にそのほうが効果的なだけだもん」

しかめっ面でスピカが答える。

スピカの手にする魔剣は、強化の魔剣。

自分が前に出ることで最大戦力を発揮するミルティの物とは、対極に位置する。

「ま、それは置いといて。あれは、あの赤毛のお猿さんだからこそ扱える、歪《いびつ》な魔具《ギア》でしょ。どこで手に入れたのかは気になるけど、注目するほどじゃないかなあ」

「そんな事を言って、密《ひそ》かに自分の団に招き入れようとしておるのではなかろうな。貴様のような毒婦は、腐った舌で平気で嘘《うそ》をつく」

「……あら。言ってくれるじゃない」

ニヤリと笑って、スピカが言う。

本当に生意気なやつだ。何かあるとすぐに噛《か》み付いてくるし、叩《たた》き潰《つぶ》そうとしても簡単にはいかない。

小生意気な、いずれ絶滅するであろう少数民族ヴァンパイアの姫。

何を頑張っているのか。自分の力で種族を再興できるつもりなのか？

本当に苛立《いらだ》たしい。だが、同時にスピカはミルティに強く惹《ひ》かれるのを感じていた。

(……こいつ、本当に人形みたいね……。悔しいけど、エルフにはない芸術性だわ)

白い肌に、宝石のような目元。

透き通るような整った髪に、幼女のような愛らしい体型。

作り物のような、ある意味宝石や芸術品のようなミルティを見る度にスピカは思うのだ。

この女を屈服させ、ひれ伏させるのはどんな気分だろうか。

そう、自分のものにして、毎日着せ替えたり、側《そば》で仕えさせたり。

(それで……フフ、急に押し倒したりしてみたら、どんな顔をするのかしら)

許してくれ、と懇願するだろうか。それとも、動揺して何も出来ないだろうか。

その瞬間のことを想像すると、スピカは、背筋をゾクゾクとなにか気持ちいい感覚が通り過ぎていくのを感じるのだ。

「――それで? 結論は、それでよいのか。全員、当面は放置で」

窓から下をじっと眺めているフルカタが呟《つぶや》くように言い、スピカが現実に引き戻される。

その視線の先では、見事に勝利を決めたナハトたちが笑顔で喜び合っていた。

「そうねー。元老院はうるさいだろうけど、ボクたちは別にあいつらの部下じゃないし。

……でも、それとは別件で、あいつはボクたちの魔剣を奪うって言ってるんでしょ? だったらそれは別の話。どっかで叩き潰さなきゃね」

「……とはいえ、我らが直接動いて攻撃を仕掛ければ見た目が悪いぞ。一年相手に大人げない、と言われるであろうな」

ミルティが静かな声で指摘する。

それは事実で、強大な騎士団を持つ彼女たちが一年生の作った弱小騎士団を本気で潰《つぶ》しにいったとなれば、評判は悪くなるだろう。

この学園では、上級生が下級生に決闘《デュエル》や戦争を仕掛けるのはみっともない行為だという風潮がある。

特に一年生はまだ入りたてだ。そんな相手を潰したとなれば、評判は当然下がる。

それゆえ、彼女たちはあえて一年生魔剣姫《まけんひめ》であるシャーロットやアリアから魔剣を奪わないでいるのである。

もっとも、そこには魔剣姫同士のパワーバランスや政治的な駆け引きがあり、そしてなにより〝その気になればいつでも奪えるから、後回しでも問題ない〟という考えがあったが。

「そうねー。悪い芽を早いうちに摘むのもいいけど、今は泳がせておくべきかな。それに、学園長補佐様がなにやら一方的にご執心みたいだし。任せておいてもいいかもね」

そう言って、エレミアの顔を思い出す。

いつも何を考えているのかわからない、無表情顔。

いつも公平で、泰然自若とした機械のような女。

だが、それがどうやらあの赤毛には態度が特別なようだ。

（いつかあの女もぶっ倒してやりたいしね。弱点を探るチャンスになるかもしれないし）

そんな腹黒いことを考えつつ、スピカが場を締める。

「じゃ、まあそういうことで。赤毛はとりあえず様子見ってことでいいわね？」

「いいだろう」

「了解した」

ミルティとフルカタが同意する。

だが、一瞬その反応にスピカは妙なものを感じとった。

まだナハトの姿を目で追っているフルカタは、いつもの冷静沈着ぶりがいくらか崩れていないだろうか。

（んー……？）

その視線も、妙に色っぽく感じる。

それに、ミルティだ。いつもならもっと口数が多いのに、今日は妙に静かだった。

気の強い彼女ならば、ナハトの事を馬鹿にしたり、すぐに潰《つぶ》すべきだと提案したり、もっと攻撃的であっても不思議ではない。

それが、今日に限っては妙におとなしい。

まるで、興味がないふりを装っているかのように。

そんな二人を見つめながら、スピカは小首をかしげた。

2

「ふー、勝った勝った！　ランク戦ってすげえおもしれーな！　気に入ったぞ！」

演習場の中を仲間と連れ立って歩きながら、爽やかな笑顔でナハトが言う。

全力で駆け、全力で戦った。気持ちのいい勝負であった。

「皆、ほんっとーにナイスだったわ！　本日分、ぶっちぎりで二連勝！　凄《すご》い凄い！」

シャーロットがその隣で、はしゃいだ様子で声を上げる。

ランク戦は、開催日につき二回まで参加することができる。

ナハトたちは、その二戦を快勝で終えていた。

そんな二人に続くハオランとアンリの顔にも、笑顔が浮かんでいる。

「お役に立ててなによりです、姫様」

「皆様と一緒に運動するの、凄く楽しいですわね！　私、とても感激しましたわ！」

興奮した様子で口々に言う二人。

そのまま和気あいあいと感想を言い合いながら歩いていき、やがて併設されているシャワー室の前でナハトが足を止めた。

「おっと、俺、シャワー浴びていくわ。汗かいちまったしな」

「そう。じゃあここで解散しましょう。今日の活動はここまで。皆、おつかれさま！」

シャーロットがそう言い、団員たちは思い思いに散っていく。

それを見送った後、ナハトは一人シャワー室に入った。

内部には人影がなく、どうやら貸し切り状態のようだ。

「お、意外と混んでねえもんだな。待たなくていいのはありがてえ」

独り言をつぶやき、口笛を吹きながら脱衣スペースで上着を脱ぎ捨てるナハト。

鍛え抜いた肉体を晒《さら》し、さらに下も脱ごうとした所で、だが突然その背後から声がかかった。

「へえー……。キミ、かなり鍛えてるね。やるじゃん」

「うおっ!?」

ナハトが驚きの声を上げる。

たった今まで、背後に人の気配など微塵《みじん》も感じなかった。

それゆえの驚きだが、もう一つ。それが美しい女性の声だったからだ。

慌てて振り返ると、そこにはほっそりとした、美しいエルフの女が立っていた。

「だっ、誰だあんた!?　いつの間にそこにいた!?」

さすがのナハトも動揺した声を上げる。野生育ちのナハトは、他人の気配に敏感だ。そのナハトが、中には誰もいないと感じたのに、そこに人がいた。

驚かないほうが難しい。

するとそのエルフ……魔剣姫《まけんひめ》スピカ・イーシャウッドはニヤリと笑い、そっとナハトに接近しながら答えた。

「やだなあ、ボクのこと知らないの？　嘘《うそ》でしょ。ショックだなー。本当に、わからない？」

「……ああ、そうか。あんた、魔剣姫のスピカ先輩か」

呆然《ぼうぜん》とナハトが呟《つぶや》く。

そう、その顔には確かに見覚えがあった。

「わー、知ってくれてたんだね。嬉《うれ》しいなあ。えへへ」

そう言いながら、スピカがお互いの息がかかるぐらいの距離まですっと顔を詰めてくる。

そしてそのまま、驚いているナハトの肩に両手を乗せて、唇が触れ合ってしまいそうな距離で見つめてきた。

「……なんの真似《まね》だ？　先輩」

その輝くような瞳を見つめ返しながら、尋ねる。

いい女に抱きつかれるのは大歓迎だが、いくらなんでもこれが怪しいことぐらいはわかる。

学園のアイドルである彼女が、気配を消して男子用のシャワー室に押しかけるなんて、どういうつもりだろうか。

「やだ、なんの真似《まね》だなんてひどーい。ボクにこうされるの、嫌い？」

「嫌いとかそういう問題じゃ……」

ナハトは言い返そうとしたが、そこでスピカの体からふわりと甘い香りがして、くらりと意識が揺れるのを感じる。

（なんだ、この、匂い……。嗅いだことないけど、すげえいい匂いだな……）

甘い匂いに引かれ、吸い込まれそうになる。

それだけではない。こちらを見つめてくるスピカの目が更に強い輝きを放ち、その美しさから目を離せない。

触れ合った肌の柔らかさに心臓が鳴り、まるで初恋のようにドキドキとした気分に陥る。

そしてスピカが、恋人にするように甘えた声で囁《ささや》いた。

「ボク、君に興味があるんだ。君って凄《すご》く格好《かっこ》いいね。好きになっちゃいそう……ねえ、ナハト君。甘えてもいーい？」

「なっ、なんだ……？」

ナハトは、夢でも見ているようにトロンとした顔で答える。

妙な感覚だった。まるで、起きながら夢でも見ているように感覚がゆらぎ、スピカのことばかりが頭の中を占める。

それでもどうにか自分を保とうと頭を振るが、どうにも抜け出せない。

そんなナハトを見つめながら、スピカが心の中でほくそ笑んだ。

(無駄無駄無駄。そんな事したって、ボクの〝魅了〟からは抜け出せないよ)

魅了。それは、相手の心を自分に引きつける魔術だ。

かけられた相手はたちまち術者に恋をして、思うがままになってしまう……というのは、理想の話。実際は、そんな便利なものではない。

せいぜいが相手の興味を引きやすくなる程度で、それも普通は長続きしない。生き物の精神に作用する魔術というものは、非常に難易度が高く、極《き》めたとしても効果は知れている。

だが、スピカのそれは別だ。スピカは香水や美貌、声色などあらゆる要素を使って、魅了の魔術を徹底的に強化しているのである。

ただでさえ目を引く美貌のスピカに近寄られ、甘く囁かれ、その上でかけられる魅了に抗《あらが》えるものはそうはいない。

(こんな手を使っても、本当の意味で部下にはできないから普段はやらないけど、こいつは別。正直、ボク自身はぜんっぜん興味ないんだけど)

そこで、先程のミルティたちとの会合を思い出す。

おそらくだが、あの二人はナハトに興味を持っている。ならば。

(ボクがサクッと横から奪っちゃうもんねー。うぷぷ、ボクに骨抜きにされて芯がなくなったこいつを見せびらかしたら、あいつらどんな顔するだろ。楽しみー☆)

そう、すべては他の魔剣姫《まけんひめ》たちへの、単なるあてつけ。

ミルティたちや、生意気な一年生魔剣姫たちに格の違いを見せつけてやるため。

ただそれだけのために、スピカはナハトの心を溶かしつくそうとしていた。

「ボクね、今、困ってるんだぁ。うちの騎士団、仕事がすーっごく多くて、手が足りないの。毎日毎日大変で、泣いちゃいそー。だから、頼りになる彼氏がいたら嬉《うれ》しいなあって」

そのまま、すっとナハトの頬《ほお》を指でなぞる。

それだけで快感が走り、ビクリとナハトの体が震えた。

「だからね、君に、ボクのところに来てほしいの。だって、君ってかっこよくてとっても素敵なんだもん。ねえ、いいでしょ。ボクの……王子様になってよ」

瞳から、そして唇から甘やかな毒を流し込みながらスピカが言う。

そしてダメ押しとばかりに、ぴたりと芸術品のようなその体を押し付けた。

「あっ、ああ……それは、もちろ、ん……」

自分を失ったナハトが、呻《うめ》くように呟《つぶや》く。

落ちた、と確信した。抗《あらが》えるわけがない。

男は皆、ボクを愛さずにはいられないのだ。いつものとおりに。

――だが。

「………もちろん、駄目だ。俺はアンタの魔剣を奪いとってやるつもりなんでね。悪いが、アンタと俺は敵同士だ」

「うぇっ!?」

ナハトの予想外すぎる返事に、思わずスピカが素の声を上げる。

目を見開き驚いているスピカを、ナハトは両手でぐいと引き離した。

「ま、あんたが俺の下に入って魔剣を献上するってなら話は別だけどな。仲間にはしてやるさ。……いや、本当は戦って奪いたいが、アンタはすげえか弱そうだからな。殴るのはちょいと気が引ける。負けを認めるなら優しくしてやるぜ」

ニヤリと笑って、言ってのけるナハト。

「さ、もう出ていってくれ。俺はシャワー浴びるところなんだ。まあ見たいって言うなら見せてやっても……」

だが、そこまで言った所でナハトは気づいた。

呆然《ぼうぜん》と立ち尽くしていたスピカが、目元に涙を光らせつつこちらを睨《にら》んでいることに。

「……信じらんない……。この、ボクが、ここまでしてあげてるのにっ……。特別扱いしてやったのにっ……！　この……このボクの、何が不満だっていうの!?」

「いや、アンタが不満だなんて一言も……」

「あー！　もう、むかつくむかつくむかつく！　あんたなんか、ホントはいらないんだからね！　それを我慢して誘ってやったっていうのに、なにその態度!?　ふざけんなー！」

髪をがしがし掻《か》きむしりながら、スピカが吠《ほ》える。

王女として、そしてアイドルとして常に人気者のスピカは、人から否定されるということが滅多《めった》にない。

それが、楽勝だと思っていた相手に拒絶されたのだ。わざわざ魅了まで使ったのに。

世の中のオスは、全部ボクを愛するように出来ているのだ。

そう、信じてきた。

なのにこんなやつに否定されるなんて、そんなこと、プライドがズタボロで、みっともなくて、そんなこと……そんなこと、許せるわけがない！

「あんた、覚えてなさいよ！　あんたの騎士団なんて、めっちゃくちゃのぐっちゃぐちゃに叩《たた》き潰《つぶ》して、ついでにあんたはゴミ箱にポイしてやるわよ！　その時に泣きついても遅いんだからね！」

言いつつ、半泣きでシャワー室から飛び出していくスピカ。

だがしばらくするとズカズカと戻ってきて、扉から顔を覗《のぞ》かせて再び吠えた。

「バーカバーカ！　べー！　死んじゃえ、バカ！」

そして、そのまま扉を叩きつけるように閉め、スピカの気配は離れていった。

「……なんだありゃ。ほんと、魔剣姫《まけんひめ》ってのは全員個性的だなあ……」

言いつつ、裸になりシャワーの前に立つ。

そしてそのまま、お湯ではなく冷水を出して頭から被《かぶ》った。

（はー……まいった。なんだありゃ。危うく部下になっちまうとこだった……）

そう、ナハトには余裕がなかった。スピカの魅力に骨抜きにされ、この人の下で働くのもいいかもしれないと本気で思っていたのである。

芯をぐずぐずにされたような体を、冷水で引き締める。

今でも、あの素晴らしい女をぎゅっと抱きしめておけば良かったと後悔すら感じていた。

（けど……駄目だ。俺には、目標があるんだ。俺は、魔剣を全て手に入れなきゃいけないんだ。魔剣を手に入れる、魔剣を手に入れる、魔剣を手に入れる……）

ひたすら冷水を浴びながら、心の中で何回も唱える。

そのためには、戦わなければいけないのだ。籠絡など、されてたまるか。

一方、人目を避けながら演習場をずんずんと歩いていくスピカは、徐々に冷静さを取り戻し、先程のことを考えていた。

（……おかしい。ボクの魅了は完璧だったはず。あいつはどう見てもボクに夢中だった。

なのに、なんで駄目だったの？）

感触は完璧だった。

今まで、あれで落ちなかった男なんていない。

では、失敗した理由はなんだろうか。

一番考えられるのは、すでに他の女に落ちているから。

愛する人に操を立てているから、スピカの誘惑にも耐えられる。

そういう可能性も、ないわけではないだろう。

だとしたら、相手はおそらく組んでいるシャーロットだろう。

だが、正直シャーロットに自分が負けているとは微塵《みじん》も思えない。

（たしかに可愛《かわい》いけど、所詮人間。ボクと比べられるレベルなはずがないわ）

一方的にそんな失礼なことを考え、他の可能性を模索する。

すでに誰かに魅了されているから。ありうる。

魔力がない赤毛だから、通じにくい。それもありそうだ。

もしくは鈍感馬鹿だから通じなかった。それが一番ありうる。

もしそうだったら、今から戻って一発殴ってやる。

（後は、そうでなかったら……体質とか、精神が強すぎる、とか？）

どれが理由かはわからない。ただ、スピカは決して「自分の魅力が足りなかった」とは考えない女であった。

やがて苛立《いらだ》たしげに美しい顔を歪《ゆが》ませ、怒りの籠《こ》もった声でスピカが呟《つぶや》いた。

「見てなさいよ、赤毛。ボクを馬鹿にしたあんたなんか、絶対許さないから……！」


——そして、同時刻。

騎士団棟にある、騎士団ハイフレイムの、団室。

その団長室で、頬杖《ほおづえ》をついたアーベルトが、笑みを浮かべて大仰な動作で言った。

「わかっているとも。そろそろ仕掛ける。安心したまえ」

そして、前に立つ幾人かの人影に向けて告げる。

「貴様たちが、復讐《ふくしゅう》を果たせるようお膳立てはしよう。だから……せいぜい、奴《やつ》を仕留められるよう準備しておくのだな」

その言葉に、影たちが、揺れた。

第六章　決戦

1

「ナハト、あぶない!!」

演習場に、シャーロットの声が響いた。

それとほぼ同時に、多数の遠距離魔法がナハト目掛けて飛来する。

「うおっ、このっ！」

それらを飛び跳ねて避《よ》けつつ、避けきれないものは両手の手甲《てっこう》で受け止める。

そらは魔蝕手甲《アバドン》の力で無効化されたが、同時に爆発する魔術が至近距離で炸裂《さくれつ》し、ナハトの体を激しく打つ。

「があっ！」

「ナハト！」

ナハトが苦痛の声を上げ、シャーロットが駆け寄ろうとする。だが、二人の間に複数の人影が立ちはだかる。

「おっと、連携はさせねえぞ、ゼロの騎士団！」

「このっ……！　あんたたち、いくらなんでも私たちだけ狙いすぎよ！」

シャーロットが不満の声を上げる。

その日も、ナハトたちはランク戦に参加していた。

種目は、複数の騎士団でひたすら倒し合う〝バトルロイヤル〟。

本来なら乱戦となるところが、他の４チームは結託し、ゼロの騎士団をまず潰《つぶ》しに来ていた。

「しょうがないだろ、アンタらが強いのは、はっきりしてるんだから。これも作戦だ、悪く思うな！」

ニヤニヤと笑みを浮かべたその生徒が平然と言い放つ。

それはたしかに事実で、ナハトたちゼロの騎士団は連戦連勝で破竹の勢いでランクを上げている。あまりにも危険な相手だ。だから、まず潰すのは間違いではない。

だが同時に、それには裏があった。

彼らは、魔剣姫《まけんひめ》スピカの傘下《さんか》の騎士団なのである。

そしてスピカから、『赤毛の騎士団を必ず潰せ』と指示を受けていた。

それだけではない、ランク戦を運営する元老院もナハトたちが不利になるようマッチをしかけてきている。

対戦相手は特に手強《てごわ》かったり、互いに協力関係にあったり。

つまり、ナハトたちを、露骨に潰《つぶ》しにきているのだ。

だが、そんな状況で、ナハトは逆に闘志が燃え上がるのを感じていた。

「おもしれえ、これぐらいじゃなきゃつまんねえ！　鍛えるにゃ最適の環境だ！」

だが向こうでは、分断されたハオランやアンリが苦戦を強いられている。

ここは団長である自分が状況を変えなければいけない。

（なんとか、遠距離攻撃を仕掛けてくるやつらから止めねえとな！）

そう考え、強引に前進を開始する。

魔術による攻撃は、ナハトにとって、手甲《てっこう》に魔力を補充する絶好の機会。

と、言いたいところではあるが、相手もそれはわかっているので、魔術を手前で爆発させたり足元を狙ったり、吸収させせまいとしてくる。

魔力体がどれほど持つかはわからない。

一気に距離を詰めて援護を仕留めなければ、ジリ貧だ。

だが、そんなナハトの前に大きな盾を持った相手が立ちふさがった。

「ここは通さん！　仲間は、俺が護《まも》る！」

「この、邪魔だっ！」

相手を盾ごと吹き飛ばそうと拳を振るうナハト。

だが拳が盾を打った瞬間、その盾が輝きを放ち、ナハトの拳をはねのけた。

「なにっ……⁉」

「ふっ、無駄だ！　我が盾は、あらゆる攻撃を打ち払う！　みんな、今だ、放て！」

打撃を受けた瞬間に衝撃波を放ち、それを打ち払う盾型の魔具《ギア》。

鉄壁の守りを誇るそれに守られた後衛たちが号令とともに魔術や魔具を放ち、ナハトは慌てて後方へと飛び退《と》のいた。

「……なるほどな。強力な防御役と、それと連携する遠距離の攻撃役たち。騎士団全体での連携ってわけか！」

「そういうことだ、ゼロの騎士団！　俺たちはこの戦術でここまで勝ってきた。この陣形を、たやすく抜けると思うな！」

ナハトが感心したように言い、相手が誇るように盾を掲げる。

（面白《おもしれ》えな。どこの騎士団も、それぞれ戦術ってやつを持ってやがる。戦ってて、すげえ面白え……！）

ニヤリと笑い、ナハトが思う。

育った地で戦っていた魔物や野生動物は、恐ろしく力強かったが、作戦や戦術というものは持っていなかった。

だがこの学園では違う。

それぞれが考え、知恵を絞り、自分たちの力を高めて挑んでくる。

「さて、となるとこちらはどう対応するかだが……」

ナハトは一瞬考え、だがすぐに止《や》めて、次の瞬間には再び突撃を開始した。

「ここは、つまんねえ小細工すべきところじゃねえ。正面から、ぶっ飛ばす！」

「馬鹿め、打撃は俺に効かんとなぜわからん！」

相手の盾持ちが吠《ほ》え、ナハトの前を塞ぐ。

それにまっすぐ向かいながら、ナハトが右手を大きく振りかぶった。

だが、その手は拳を握り込まず、大きく開いたままだ。

「真っ直《ます》ぐな衝撃には強くても……回転に対しては、どうかな！」

そのままナハトが右手を突き出し、手のひらを叩《たた》きつける一撃……掌底突きを、相手の盾へと叩き込む。

それも、ただの掌底突きではない。全身のひねりと、腕の回転。

それによる回転力を相手に叩き込む特殊な打撃……その名を。

「魔拳八式・螺旋《らせん》掌！」

瞬間、盾に猛烈な回転力が加えられる。

真っ直ぐな打撃には強くとも、回転に対してはそうはいくまい。

相手は盾を握りしめ必死に抵抗しようとするが、回転力により盾を持つ手がぐるりとひねり上げられ、耐えきれずついには手放した。

「しまっ……」

甲高い音を立てて、遥か彼方《はるかなた》に落下する盾。その間に相手へと肉薄したナハトが拳を突き上げ、相手の顎へと鋭く叩き込んだ。

「があっ！」

「団長⁉　……あっ、やばい！　赤毛が来るぞ、迎撃をっ……」

そのたった一撃で相手の魔力体は破壊され、吹き飛んでいく。

そして動揺する後衛の元へとナハトが飛びかかっていき……後は、語るまでもなかった。

「はあ、はあ……。さ、さすがにこのあたりまで上がってくると手強《てごわ》いわね……」

どうにか勝利をもぎ取った試合の後。全員で上がった観客席で、シャーロットが肩で息をしながら言った。

「ああ、どこも基礎ができてやがる。俺たちも、もっと考えていかないと駄目だな」

「ええ、数の不利もありますし。もっと練習も増やしていくべきかもしれませんわね」

それにナハトとアンリが同意する。

ナハトたちは、個人としての強さで数の不利を覆《くつがえ》してきた。

だが、これから先はもっと連携が必要になってくるだろう。

「なあハオラン、あんたも……おい、どこ見てんだ？」

「……見ろ、ナハト。あいつらだ」

そこでナハトが話を振るが、ハオランはすっと演習場を指差す。

ナハトがその先を目で追うと、そこでは見知った相手がランク戦をしているところだった。

「あれは……アーベルトとハイフレイムの連中か！」

そう、そこには他の騎士団と激しく競い合うアーベルトたちの姿があった。

そして孤立しているアーベルトに、他の騎士団の団員たちが一斉に襲いかかる。

「くらいやがれ、アーベルト！　今日こそぶっ飛ばしてやる！」

魔具《ギア》を構えてつめ寄せる相手を、だがアーベルトは一笑に付す。

「下郎共が。貴様らごときが、この俺に触れられるとでも思っているのか？」

そして次の瞬間。

その頭上に巨大な火球が生まれ、アーベルトがすっと指を突き出した。

「〝拡散する魔炎〟」

名を呼ぶと共に、火球が弾《はじ》け飛《と》び、無数の炎の矢となって周囲に降り注いだ。

「ぎゃあああっ！」

吹き出すマグマの如《ごと》きそれをまともに食らった者たちが、たったの一撃で魔力体を砕かれ、吹き飛んでいく。

だが火球の勢いはそれだけでは済まず、演習場のあちこちで炸裂《さくれつ》し、爆音とともにいくつもの穴をあけた。

そのあまりの威力に、見ていた者たちが思わず息を呑《の》む。

「……さすがね、アーベルト。嫌なやつだけど、炎の魔術を使わせたら一級品だわ」

同じようにそれを見ていたシャーロットが、嫌そうな顔で続ける。

「ナハト、アーベルトの家系は代々炎の魔術を得意としてるの。さらにあいつが持つ魔具も、炎の力を強化する物みたい。あなたでも、まともに焼かれれば一撃で倒されかねないわ。気をつけて」

「ああ。たしかに、大した火力だ。だが……懐に潜り込めば、あんなでかいのはぶっ放せねえ。距離さえ詰めれば、負ける相手じゃねえ」

忠告するシャーロットに、自信ありげに答えるナハト。

一同が見つめる中、アーベルト率いる騎士団ハイフレイムはあっさりと勝利を物にしてみせた。

そして……戦い終えたアーベルトが、こちらの存在に気づき、笑みを浮かべてそのまま真っすぐに向かってくる。

「これはこれは、シャーロット様。我らの視察ですかな。……どうやら、そちらも準備が整ったようで」

「まあね。騎士団として、最低限の条件は整えたわ」

酷薄な笑みを浮かべたアーベルトが言い、シャーロットが睨《にら》みつけながら答える。

「左様ですか。では……そろそろ、約束を果たしてもらうとしましょう」

アーベルトのその言葉に、ナハトたちの動揺はなかった。

そろそろ来る頃だと思っていたからだ。

「いいぜ。お前らといつまでも白黒つけねえのも気持ちわりい。やろうぜ……〝戦争〟をよ」

「アーベルト、ようやくあの続きができる。今度こそ貴様らに鉄槌《てっつい》を下してくれる！」

ナハトが答え、ハオランが吠《ほ》える。

すると、アーベルトはギロリと目を尖《とが》らせた。

「フン。吠えるな、下等な輩《やから》め。……では、条件に移るとしよう。前も言った通り、我らの戦争を妨害した貴様らから宣戦布告をしてもらうぞ」

「ああ。たしか、戦争で賭けるものは仕掛けられたほうから決めるんだったな」

「その通り。さて、ではこちらの条件だが……」

そして、アーベルトはちらりとシャーロットを見て言った。

「――我らが勝てば、シャーロット姫をいただく。彼女に、学園を卒業するまで俺の小間使いでもやってもらおうか」

「なっ……」

　その言葉に、ゼロの騎士団の仲間たちは絶句し、そして一斉に声を張り上げた。

「ふざけるな、アーベルト！　王女であるシャーロット様に対して、なんたる不敬！　貴様、この場で叩《たた》き伏せてくれようか！」

「そうです、勝負に仲間を賭けろなんてあんまりですわ！　そんなことは許されません、天使様も激おこですわよ！」

　ナハトも呆《あき》れた顔で思う。

　どうやら、最初からアーベルトの狙いはシャーロットだったようだ。

「話にならねえな。シャーロットは俺の相棒でうちの副団長だ。戦争の賞品になんか差し出せるか」

　明確に拒絶を告げる。だが、それにアーベルトはニヤリと笑ってみせた。

「さて。お前らがどう思おうが、シャーロット姫のほうはそうでもないようだぞ」

「なに？」

　言われて目を向けると、シャーロットは考え込むように俯《うつむ》いていたが、すっと顔を上げてはっきりと言った。

「ナハト……この条件、受けましょう。アーベルト、その条件でいいわ」

「姫様……!?」

「おい。正気か、シャーロット」

ハオランが驚きの声を上げ、ナハトが尋ねる。

するとシャーロットは二人に頷《うなず》きを返した。

「ええ。こっちから宣戦布告しろって言うからどんな条件かと思ったけど、この程度なら安いものよ。それに……」

そう言って、にこりとシャーロットが笑みを浮かべた。

「どうせ負けないんだから、いいじゃない。私を守ってよね……頼りにしてるわ、みんな」

「……任せとけ。楽勝だ」

それに笑みを返し、ナハトが言い切る。

そして改めてアーベルトの方に向き直り、告げた。

「いいだろう、クソみたいな条件だが乗ってやる。で、こっちの条件だが……それは、お前らの騎士団の解散だ。負ければすっぱりと解散し、二度と俺たちの前に面を見せるな。いいな？」

すると、アーベルトの後ろに控えていたアーカスが怒声を上げる。

「何を⁉　貴様ら程度との戦争で、我らが解散など賭けられるか！　ふざけ……」

だが、アーベルトは手でそれを制し、はっきりと答えた。

「黙れ、アーカス。……いいだろう、その条件で受けよう」

「よし、決まりだ。それで、どうやりあう？」

「それは、学園が定めた立会人がふさわしいものを決める。誰に頼むかは……」

するとその時、何者かが、ふわりと両者の間に降り立った。

「——待て。その立会人……私が、引き受けよう」

真面目くさった声で告げる者。

それが、何者であるかに気づいた瞬間。

ナハトは、思わず声を上げた。

「てめえ……エレミア！」

2

「うーっ、緊張するっす……！　ほ、ほんとにあんな数に勝てるんすかね……!?」

翌日。学園内にある飛空船の発着場。

そこに、緊張した様子のリッカの声が響いた。

その目の前には、倒すべき相手……アーベルトが率いる騎士団〝ハイフレイム〟の団員、実に百名以上が並んでいた。

戦争を決めた日の、その翌日の放課後。

雌雄を決するため、二つの騎士団がこの場へと集っていた。

「大丈夫ですわ、リッカ様。どうか、私たちを信じてくださいませ」

横に並んでいるアンリが、リッカの震える手をそっと握って答える。

そして、両陣営の中央に立つエレミアが告げた。

「では、始めようか。先日に申したとおり、この一戦の立会人は、学園長代理であるこの私が務める。よろしく頼む」

そんなエレミアをじっと見つめながら、シャーロットがナハトに囁《ささや》いた。

「気をつけて、ナハト。学園長代理が絡んできたのには、必ず裏があるはずよ。この機に乗じて、私たちを潰《つぶ》すつもりのはずだわ」

「ああ、そんなところだろうな。油断するなよ」

ひそひそと話し合う二人をよそに、エレミアが説明を続けた。

「この度の一戦は、互いの戦力が均等でないことに鑑みて、模擬戦で行われる〝奪還〟の規模を拡張したルールで執り行う。ここから数キロ離れた先にある、学園外演習場の一つに互いの飛空船で向かい、そこで三つの宝を奪い合ってもらう」

異論がないか周囲の反応を確認しつつ、更に続ける。

「宝は、三つあるコースの中盤に設置されており、それをゴールまで二つ以上運んだチームを勝者とする。これならば、直接相手を倒さなくとも勝ち目がある。ただし、道中の争いの内容にはこちらは関与しない。これで公平だと思うが、どうか」

「よく言う……！　こちらは戦える者が四名しかいないのだ。このルールでは、それを手分けしなくてはならぬ。これのどこが平等だというのか」

ハオランが、ぎしりと歯を鳴らして不満を漏らしたが、意義は申し立てない。

どのようなルールであれ、少数である自分たちが不利なのは変わらないからだ。

「また今回は学園外で競うにあたり、諸君の校章にはすでに一時間の間、魔力体を維持するための魔力を補充してある。魔力体を破壊された者は、その場で戦闘行為をやめること。また、破壊された者への攻撃が発覚した場合、その騎士団の反則負けとする。いいな？」

「ふん、異論があってもアンタが決めたルールは変えられないだろ。学園長さんよ」

エレミアの言葉に、ナハトが皮肉を返す。

なんのかんのと禁止事項を口にしているが、学園外でなにかが起こっても、その場にいない者たちには事実の確認ができない。

（露骨すぎるぜ、てめえ。俺をここで消すつもりだろ？）

エレミアの横顔を睨《にら》みつけながら、ナハトが胸中で呟《つぶや》く。

ついに牙を剥《む》いてきた。だが、思うようにやられてやるつもりはない。

逆にこの機会に化けの皮を剥《は》いでやる。

そう決意し、次にアーベルトとにらみ合い、互いに言葉をぶつけ合った。

「叩《たた》き潰《つぶ》してやろう、赤毛。徹底的に、惨《むご》たらしく、無様にな」

「やってみやがれ。四人に負けて、大恥かくぜ」

互いの間に火花が飛び交う。

そして、小さく頷《うなず》いたエレミアが手を上げた。

「私はハイフレイム側の飛空船に同乗するものとする。それでは……始め！」

手が振り下ろされ、瞬間、両陣営の体が魔力体に変換された。

だがそれを悠長に待ったりはせず、互いに駆け出して船に飛び込んだ。

ナハトたちの飛空船は、フリゲート級と呼ばれる中型の飛空船だ。

しかも、ただの船ではない。

伝説の騎士団、〝蒼穹《そうきゅう》の騎士団〟が駆った船……その名もリベルタス号。

「よおおし、かわいこちゃん、ご機嫌に飛んでくださいっすよ！」

操舵輪《そうだ》に飛びつき、あちこちスイッチを切り替えながらリッカが吠《ほ》える。

ナハトたちが慌ただしく位置についたのを確認して、シャーロットが叫んだ。

「いいこと、リッカ、今回はスピード勝負よ！　相手より速く演習場について宝を確保すれば圧倒的有利！　ただ、相手の船は私たちより大型のガレオン級だから普通に飛べば負けないわ！　無理をしてトラブルを起こさないように……」

だが、シャーロットが言い切るより早く、目をギラギラと輝かせたリッカがいきなり発進レバーを引いた。

「うおおおっ、もう我慢出来ないっす、発進んん!!」

「きゃあああああっ!?」

瞬間、リベルタス号の船尾から爆炎が吹き出し、続いて弾丸のように船体が飛び出した。

そのまま空を滑るようにしながら船が上昇し、中空を爆進する。

「ちょっ、ちょっとお！　リッカ、いきなりスピード出しすぎ！　駄目よ、落ち着いて！」

「あはははは！　速い！　速い！　さすが伝説の船！　誰もあちしの前を飛ばさせねえ！　トロくさいガレオンなんか相手になるかあああ！」

人が変わったように吠えるリッカ。

その目は完全に据わっており、口には下品な笑みが浮かんでいた。

「やばいっ……この子、操縦すると人が変わるタイプだわっ！」

そう、リッカが前の場所を追い出されてきた理由。

それは、勝手に改造をした事だけではなかった。

その一番の理由は、彼女が極度のスピードジャンキーで、船をあまりに荒っぽく飛ばしてしまい、仲間たちを恐怖のどん底に叩き落としていたからなのである。

「おいっ、俺たちを振り落とすつもりか!?　ワフリナちゃんでも、こんなにひどくなかったぞ！　なんて運転しやがる！」

船にしがみつきながら、どうにか甲板から操舵室《そうだ》に飛び込んできたナハトが文句を言う。

「ナハト、この子やばい！　操舵輪を握ると人が変わるタイプよ、止めて！」

「なにいっ……てめえ、リッカ、正気に戻れ！」

「うひいいっ!?」

言いつつ、飛びついたナハトがリッカの胸を両手で揉《も》み上げる。

すると、ビクリと震えたリッカが悲鳴を上げた。

「やっ、やめてほしいっす、団長！　職権乱用っすよ、セクハラっすよ、いやああん！」

「嫌なら速度を落とせ！　やめねえともっと揉みしだくぞ！」

「わっ、わかったっす、落としますからっ！　揉まないでぇ！」

叫びながらリッカが船の速度を落とす。

それを確認して、ナハトは両手を惜しみつつも離した。

「ふう、とんでもねえやつだ……。今度暴走しやがったらこんなもんじゃねえからな、いいかリッカ！」

「はっ、はいいっ……。うっ、うっ、誰にも揉まれたことなかったのに……。もう、あちしお嫁にいけないっす……」

しっぽを垂れ下がらせて、めそめそと涙を流すリッカ。

それを尻目に、ナハトが船の後方を確認した。

どうやらハイフレイムの飛空船も追いかけてきているようだが、その姿は豆粒ぐらいに小さく、遥《はる》か後方だ。

「よし、だがリードは作れたな。このまま飛べば、船速が違うから負けることはねえ。先に演習場に辿《たど》り着けそうだ」

ナハトが安堵《あんど》の声を上げる。

船はすでに学園を離れ、森林地帯へと到達していた。目的の演習場まではもうすぐだ。

このまま行けば、戦わずして勝利できるだろう。

そう、思った瞬間のことであった。

「……おい、まずいぞナハト！　船の前方に、飛行型の魔物の群れだ！　進路を変えろ！」

甲板から、ハオランが叫んだ。

言われて視線を向けると、前方の森から黒い何かが湧き出して来るのが見える。

一瞬、一個の生き物かと思われたそれは、その実、羽を持った大量の魔物の群れであった。

「嘘《うそ》、あれ……ハーピー!?　学園の傍《そば》にあんな数がいるなんて……！」

ハーピーとは、巨大な鳥のような体に、人間を思わせる醜悪な顔がついている魔物だ。

食欲旺盛で周囲の動植物を食い尽くし、瞬く間に増える危険な魔物。

それゆえ、優先的に討伐する対象となっている。

学園の周辺は特に魔物駆除が進んでいるはずである。

なのに、この距離でハーピーが大量に湧いてくることとは。

それは、かなり不自然なことであった。

「リッカ、避《よ》けて！」

「やっ、やってるっす、でもっ……！」

リッカが必死に操舵輪《そうだ》を回し、船の進路を変える。だが、ハーピーたちはリベルタス号の前方を塞ごうと一斉に飛んでくる。

やがて、直撃こそは避けられたものの、魔物の一部が追突し、衝撃で船が大きく揺れた。

「きゃあっ！」

甲板にいたアンリが、必死に船にしがみつきながら悲鳴を上げる。

前方を塞いだハーピーのほとんどは、船体に体を砕かれ散っていったが、数十匹が船にしがみつくことに成功し、次にあちこちを攻撃し始める。

「くそっ、駄目だ、張り付かれた！　リッカ、速度を落とせ！　シャーロット、ハーピーどもを追っ払うぞ！」

言いながらナハトとシャーロットが操舵室から飛び出し、ハーピーたちの対処に回る。

ハーピー自体は手強《てごわ》い魔物ではない。すぐにその数は減らせたが、大きく減速している間に、ハイフレイムの船が横を通り過ぎていってしまった。

「っ……」

それを見送るナハトが、向こうの甲板に立つエレミアの姿を見つけて、息を呑《の》む。

エレミアは、考えの読めぬ瞳でずっとこちらを見つめていた。

「ああっ、もう、せっかくのリードが台無しよ！　なんてついてない……！」

ようやくハーピーを片付け終わり、シャーロットが嘆いた。

まるでタイミングを計ったかのように飛び出してきたハーピーたち。

だが、これは本当に偶然なのだろうか。

ナハトがそんな事を考えていると、前方を指差してアンリが叫んだ。

「見てください、演習場が見えましたわ！　相手の方々は、すでに道を進んでます！」

その声につられて、全員が船首に集まる。

するとハイフレイムの船はすでに演習場のスタート地点に停泊し、その団員たちはそこから分かれて三つのコースへと進んでいるところであった。

「くそっ、先行された！　アーベルトの野郎は……あそこか！」

ナハトが目を凝らし、豆粒のような相手の動きを確認する。

大きな集団が二つ。中央と右。

さらに、アーベルトが一人で左に進んでいるのが見えた。

そして、見ている前でアーベルトが立ち止まり、こちらを向いてニヤリと笑ってみせた。

「……野郎、誘ってやがる。俺に追いかけてこいってことかよ。いいぜ、乗ってやる」

呟《つぶや》くように言い、ナハトが仲間たちの方を向いた。

「よし、いいか皆。俺が、アーベルトの野郎を討ち取る。お前らは別のルートで一つずつ宝を手に入れるんだ。いいな？」

「わかったわ！」

「了解した！」

「はい！」

仲間たちが思い思いに返事をし、そしてシャーロットが確認をとった。

「私は中央のルートを進むわ。ハオラン、アンリ。あなたたちは右を頼むわ。ハオラン、アンリをお願い」

「了解しました、姫様。必ずや」

大仰に頭を下げ、そしてハオランがナハトに目を向ける。

「本当ならば、俺がアーベルトの奴《やつ》を討ち取りたいところだが……今回は、お主に任せる。信頼してよいのだな？」

「ああ、任せな。乱入した事や、お前を引き入れた事、それにシャーロットの身を賭けることになっちまった事。全部背負って、のしつけて返してやる」

ナハトの力強い言葉に、一同が頷《うなず》き合う。

そして操舵室《そうだ》から顔を覗《のぞ》かせたリッカが叫んだ。

「団長、皆！　船を降下させるっす、少しお待ちくださいっす！」

「いや、のんびり着陸を待ってる時間はねえ！　いくぞ、お前ら！」

そう答え、そのままナハトが船から身を躍らせる。それに三人が続いた。

そして全員が綺麗《きれい》に着地を決めると、三手に分かれてコースへと突っ込んでいく。

「みんなー！　頑張ってくださいっす、勝利の報告を待ってるっすからね!?」

操舵室から身を乗り出して叫ぶリッカの声援を背に、一同は全力で駆け抜けた。

3

「はあっ……はあっ……。……見えた！」

広い山道を弾丸のように駆けぬけたシャーロットが、ついに敵集団に追いつく。

すると、それに気づいたらしいハイフレイムの団員たちが一斉にこちらを振り返り、武器を構えた。

「へえ、誰かと思ったら元魔剣姫《まけんひめ》のシャーロット姫じゃないの。意外ねえ、一人とは。アンタ一人で、私たちとやりあえるつもり？」

敵集団の一人の、女団員が馬鹿にしきった表情で言い放った。

あからさまな挑発だ。

だがそれに対して、シャーロットは息を整えながらも相手の数を確認し、そして失望したように呟《つぶや》いた。

「しまった、こっち、意外と少ない……！　これじゃハオランたちが大変だわ！」

一番数の多い集団を受け持ったつもりだったが、どうやらそうでもなかったようだ。

アーカスら相手の幹部級の姿も見えない。あっちは大丈夫だろうか、と心配になる。

そんな、シャーロットの眼中にないと言わんばかりの態度に、女団員が鼻白んで声を張り上げる。

「舐《な》めんじゃないよ！　赤毛に負ける情けない魔剣姫《まけんひめ》が、この数に勝てるとでも思ってるのかい！」

「勝てると思ってるのか、はこっちのセリフよ。一軍に匹敵すると言われる、魔剣を持つ私相手にその程度の数で勝てるつもり？」

だが、シャーロットは余裕のある表情でそれに答える。

「このっ、舐めやがって……叩《たた》き潰《つぶ》せ！」

怒りの表情で女団員が命じると、ハイフレイムの団員たちが一斉に武器を構え向かってくる。

それを、魔剣アワリティアを抜き放ち、迎え撃とうとするシャーロット。

その意識が前方の敵に向かう……その時を狙い、その背後に、動きがあった。

(馬鹿め、かかりやがった!)

女団員が邪悪な笑みを浮かべた。

瞬間、シャーロットの背後、樹上に潜んでいたハイフレイムの団員たちが一斉にシャーロットの背中めがけて飛びかかってくる。

全ては罠《わな》だったのだ。

追いつかれたふりをして、気を引き、ここで迎撃するのが敵の策だったのである。

シャーロットは捕らえ、従順になるまで痛めつけるようアーベルトに命じられている。

まずは魔力体を破壊し生身にして、その後は徹底的にいたぶってやる。

魔力体が失われた後の攻撃はルール違反だが、なに、戦っていれば事故は起きるものだ。

勝利を確信する女団員。

だが、その刹那。

――振り返りもしないまま、シャーロットの魔剣が音もなく振るわれ、背後から襲いかかる敵たちを、一刀の元に斬り伏せた。

「なにっ!?」

「……どんな手を使ってくるかと思ったら。くだらないわね」

驚きの声を上げる女団員と、目を細めて平然と言ってのけるシャーロット。

奇襲をかけた団員たちは、一撃で魔力体を破壊され、地面に転がっている。

そのままシャーロットは魔剣をソードウィップの形態に変じさせ、冷たい声で続けた。

「随分と舐《な》めてくれたけどね。私の魔剣、アワリティアは多数を相手にする時に最大の力を発揮するのよ。私の不甲斐《ふがい》なさで随分と評価を下げてしまったけれど……魔剣姫《まけんひめ》というものが、なんなのか。──今、あんたたちに教えてあげるわ」

刹那、光が走り、女団員の周囲の者たちがどさりと倒れた。

閃光《せんこう》のごとく振るわれ、伸びたアワリティアの斬撃に、抵抗すらできず魔力体を引き裂かれたのある。

(なにっ！　馬鹿な……何も、何も見えなかったぞ!?)

女団員が、脂汗を滲《にじ》ませながら周囲を見回す。

その間も、しゃりん、しゃりんとアワリティアが振るわれる音だけが響き、ろくに構えることも出来ずに団員たちが倒れていく。

そして、次の瞬間、光が自分めがけて飛んでくるのを感じ、女団員が絶叫を上げた。

──こうして、中央のハイフレイム団員たちは、わずか二分足らずでシャーロット一人に全滅を喫することとなる。

一方、その頃。

「いたぞ、やつらだ！」

ハオランが、獣のような口から気合の入った声を上げた。

共に駆け抜けたハオランとアンリは、ついに敵集団に追いつこうとしていた。

場所は、宝の設置された開けた地点。

すでに敵の団員の一人が宝を抱えているのが見える。

多数が展開できる地形のため、数で勝る相手が有利だが、ここで戦い、奪い取るしかないだろう。

「へっ、こっちに来たのはウスノロのハオランとおまけの邪教徒女か。こりゃ外れだな」

五十名以上はいるであろうハイフレイム。

その真中で、鎖付きの鉄球を持つ巨体の団員……アーカスが嘲りの声を上げた。

ハオランにとっては因縁深い相手である。

自分の魔具《ギア》である方天戟《ほうてんげき》を振りかざしながら、ハオランが吠《ほ》えた。

「いたな、アーカス！　今日こそ貴様を討ち果たす、覚悟せよ！」

「けっ、相変わらず時代錯誤な武人野郎だ！　来やがれ、今日こそその面を叩《たた》き潰《つぶ》してやる！」

「やってみろっ！　ぬううん！」

気合の声を上げ、ハオランが魔具〝破閃《はせん》方天戟〟から飛ぶ斬撃を放つ。

輝くそれに合わせてアンリが、地面を跳ねていく。

ハオランの飛ぶ斬撃を予想していたハイフレイムの団員たちは、一斉に散り、それを簡単に躱《かわ》してみせた。

だがそこに猛烈な勢いでハオランが突きかかり、団員の一人をその先端で串刺しにする。

「ぎゃあっ！」

「まだまだ！　積年の恨み、ここで晴らしてくれる！」

旋風のようにハオランの方天戟が荒れ狂い、ハイフレイムの団員たちを打ち払っていく。

だがアーカスは怯《ひる》んだ様子もなく仲間たちに指示を出した。

「囲め、所詮暴れるしか能のない脳筋馬鹿だ！　スタミナも体も削り倒せ！」

その指示に従い、団員たちがハオランを包囲してくる。

そしてハオランがそちらに気を取られた瞬間、アーカスが鎖付きの鉄球を放ってきた。

「死にやがれ！」

「ぬうっ！」

大岩すら粉砕する鉄球の一撃を、ハオランは方天戟で受け止めてみせた。

だが次の瞬間にその鉄球が輝き、強烈な衝撃波が放たれる。

アーカスの魔具〝破砕の鉄球〟は、鉄球から魔力を衝撃波として放つ特性を持つ魔具である。

アーカスが余裕の笑みと共に鉄球をさらに放ってくる。

「馬鹿め、俺の魔具《ギア》〝破砕の鉄球〟を受け止められるとでも思ったか！」

それに体を打たれ、ハオランの体が後ずさった。

「うおおっ！」


魔力を飛ぶ斬撃に変える、ハオランの魔具とは同種と言える。

憎しみ合う二人は、だが似たタイプの魔戦士《マグス》であった。

追い立てられるハオラン。だが、敵の意識がハオランに集中した隙をついて、様子をう
かがっていたアンリが宝を持つ敵団員めがけて一気に飛んだ。

（まずは宝を確保しないといけません……！　勝ち負けを決めるものですから！）

そう、今回のルールでは相手を倒す必要はないのだ。

宝さえ、ゴールに持っていければそれでよい。

逆に、戦闘が長引いて、相手に宝だけ持って別行動をされては厄介な展開になる。

ここは逆に宝を奪って、自分が運ぶのが良い手だ。

そう思ったアンリが宝に手を伸ばすが、瞬間、その手に斬撃が迫り、慌てて引っ込めた。

「……くだらん真似《まね》をするな、女」

それは、刀を手にした長髪の男であった。

そのままイケメンぶって頭を振り、ふさりと長髪を揺らしてみせるが、美形ではないのでまるで決まっていない。

他の団員たちもアンリの前に立ちはだかり、アーカスがちらりとそちらに目を向けて叫んだ。

「邪教徒、お前の弱点は知っているぞ！　お前、人を攻撃できないらしいな！」

「えっ……！」

思わずアンリが声を上げる。

だがアンリは、今日まで自分の〝天使様との約束〟を隠してこなかった。

それゆえ、そういった話が相手に漏れていても不思議ではない。

「おまえが模擬戦で運搬役ばかりしていたのは、その縛り故だろう。笑わせてくれる、人を攻撃できない魔戦士などなんの価値がある！」

「ふん、それは実に笑止千万。もう貴様が宝を奪える可能性はない。大人しく魔力体を破壊されてしまえ」

続いて長髪の男がヘラヘラと笑いながら言い放ち、アンリはしばらく困った顔でそれを見ていたが、やがてすっとその両手を自分の背後に回し、組み合わせた。

「……たしかに、私は手を攻撃に使わないと約束しております。それゆえ、間違いがないよう、こういたしましょう」

「馬鹿な、アンリ殿！　諦めるおつもりか!?」

ハオランが攻撃を凌《しの》ぎながら声を張り上げる。

だがアンリはその姿勢を崩さず、そんな彼女に長髪の男が刀を振りかざし迫った。

「戦う意志のない魔戦士《マグス》など不要。いざ、介錯《かいしゃく》つかまつる！」

「……戦う意志がない……？　それは違いますわ。私は……」

「問答無用！」

なにかを呟《つぶや》いているアンリの頭上に、鋭く刀が振り下ろされる。

その一撃により、アンリは魔力体を破壊され脱落する……そう思われた。

だが、次の瞬間に苦悶《くもん》の声を上げたのは、長髪の男のほうであった。

「ぐばっ……！」

「なにっ!?」

アーカスが驚きの声を上げる。

目の前で、長髪の男が、腹部に深々と強烈な一撃を受けてのけぞっている。

そして、アンリがあまりにも穏やかな声で告げた。

「私は、手を暴力には使えません。ですが……足は、使えますのよ」

長髪団員の腹部に突き刺さる一撃……その正体は、アンリの義足型魔具《ギア》であった。

アンリは、振り下ろされる刀より速い足刀を、カウンターで叩《たた》き込んでいたのである。

「ぎざまっ……。だ、だま……だま、じたなっ……！」

「騙《だま》すだなんて、人聞きが悪いですわ。私は、手が使えないだけで、戦えないなんて一言も言っておりませんのに」

苦悶の表情で言う長髪の男に、困った表情のアンリが答える。

ようやくその衝撃から抜け出した長髪団員が、慌てて刀を振るうが、アンリは後ろに飛んでそれを軽やかに避《よ》ける。

そして、バネ仕掛けのようにまた前に飛び出し、長髪の男の腿《もも》に強烈なローキックを叩き込んだ。

「ぎゃっ！」

がくりと長髪団員の態勢が崩れる。

あまりにも美しいフォームの、完成されたローキック。

それにより腿を破壊され、もはやまともに立つこともできない。

そして、止《とど》めとばかりにアンリの体がふわりと浮かび上がり、両の手を組んだまま、空中でくるりと一回転した。

「そー……れ！」

回転力をそのままに、強烈な回し蹴りを打ち込む。

魔具《ギア》〝銀色兎《うさぎ》〟によって強化されたその一撃が、正確に相手の顔面を直撃した。

「ぎゃばあっ！」

情けない悲鳴を上げながら、長髪の男は吹き飛んでいき、巨木に激突して魔力体を失い、そのまま気絶した。

「貴様ぁっ！」

さらに数人が襲いかかってくるが、アンリは両手を背後で組んだままそれらを躱《かわ》し、逆に華麗な足技を放つ。

中段蹴り、上段蹴り、回し蹴り。

ありとあらゆる蹴り技を、シスター服を翻《ひるがえ》しながら舞うように叩《たた》き込むアンリ。

それは、極限まで格闘技術を身につけた者の動きであった。

それを見ていたハオランは思わず舌を巻く。

「これはなんと、俺としたことがアンリ殿を見誤っていたか……！　これほどの強さを持つ戦士であったとは！」

か弱そうな外見に完全に騙《だま》されていた。

彼女は、この俺に匹敵する……いいや、もしかすればもっと高みにいる者だ！

だがそれはそれとして、戦えるのならそう言っておいてくれれば良かったのに……などと思わずにはいられないところではある。

しかしそこで、敵を仕留めて着地したアンリが、がくりと体勢を崩した。

「きゃあっ!?」

アンリが足元を見ながら悲鳴を上げる。

驚くべきことに、たしかに硬い土であったはずの足元が、いつの間にか沼へと変貌しているではないか。

義足の半ばまでを飲み込まれて、身動きが取れないアンリ。そんな彼女に、酷《ひど》い猫背でハゲの団員が不気味な笑みを向けた。

「きひひっ、機動力が自慢のようだが、こうすればどうにもならねえだろう。その綺麗《きれい》なシスター服を徹底的に泥まみれにしてやるぜ！　きひひひひっ」

前の戦いでハオランを捕らえてみせた、地形を沼に変形させる魔具を持つ男である。

少しずつ沼に没していくアンリ。

それを見たハオランが、方天戟《ほうてんげき》を振りかぶった。

「やらせんぞ……！　ぬうううん！」

「うおっ！」

飛ぶ斬撃が再び放たれ、猫背の団員を狙う。

それに気づいた彼は、慌てて飛び上がって避《よ》けたが、彼の魔具〝沼招鉄環《しょうしょうてつかん》〟が地面から離れたせいでアンリの足元の沼が元の土へと戻った。

「ありがとうございます、ハオラン様っ！」

感謝の声とともに、アンリが大きく飛び跳ねた。

その先には、猫背の団員。

また同じことをされてはたまらない。このまま、仕留める！

だが、猫背の団員も黙ってやられるのを待っているわけではなかった。

「そぉらっ！」

大きく腕を振るうと、そこに嵌《は》められた鉄環から大量の泥が飛び出した。

しかも、ただの泥ではない。一度なにかにこびりつけば鉄のように固まる泥だ。

「馬鹿め、俺の魔具《ギア》が、ただ地面をぬかるませるだけと思ったか！」

アンリは空中にいる。それでは避《よ》けようがあるまい。

勝利を確信する猫背の団員。

だが、その目の前で驚くべきことが起こった。

「しっ！」

小さな気合の声とともに、アンリが空中を蹴り……その勢いで、己の跳ぶ軌道を変えてみせたのだ。

「なにいっ⁉」

猫背団員が驚きの声を上げる。

それは、アンリの〝銀色兎《うさぎ》〟の、本来の能力であった。

魔力を放出し、衝撃を放って空を蹴り、自在に跳ね回る――。

それこそが、銀色兎の名の由来。

「はああああっ！」

そのままもう一度、宙を蹴ったアンリがくるりと縦に回転し、シスター服の裾を翻《ひるがえ》しながら足を振り上げた。

「おおおっ……！」

猫背団員の目が、露出したアンリの太ももに吸い込まれる。

そしてその頭部に……強烈な、踵落《かかと》としが振り下ろされた。

「ぎゃああああっ！」

絶叫を上げ、猫背団員が魔力体を粉々に砕かれて地面に転がる。

アンリはそのまま綺麗《きれい》に着地を決めると、赤い顔をして慌ててスカートの裾を抑えた。

「やだ、私ったら。はしたない」

そして、その足元では、猫背団員がどことなく幸せそうな顔で気絶していた。

「馬鹿な！　あんな女に、あいつらが、ああもあっさり……!?」

驚きの声を上げるアーカス。

いずれも、ハイフレイムの中では実力派の者たちがああもあっさり。

そして、ハオランがその様子を見ながら、笑い声を上げた。

「はっはっは！　面白いな、実に面白い！　ゼロの騎士団には、本当に妙な奴《やつ》らばかり集まってきていたようだ！」

それも、ナハトの運によるものだろう。

どうやら、あの男にはそういう性質があるようだ。

得難《えがた》き人材が自然と集まってくる運……いや、宿命とでも言うべきか。

そういうなにかが、きっとあの男にはある。

「と、なれば……俺もまた、その一人。活躍の一つもして見せねば、居場所があるまい！」

言い放ち、激しく方天戟《ほうてんげき》を振りかざすハオラン。

そしてそのままアーカスめがけて連続で斬撃を見舞う。

「このっ、舐《な》めるなよ！」

アーカスは鉄球と鎖でその攻撃をどうにか凌《しの》いでくるが、近距離戦はハオランが有利だ。

このままではまずいと思ったのであろう、アーカスが背後に跳んで距離を取り、再び鉄球を振り回し、勢いよく放ってくる。

「砕け散りやがれ！」

強烈な一撃が真《ま》っ直《す》ぐに飛んでくる。

だがハオランは焦《あせ》らずそれを方天戟で受け止めると、相手が衝撃波を発生させるよりはやく、それを渾身《こんしん》の力で打ち返した。

「ぬううん！」

「なっ……があっ！」

自身の鉄球をまともに食らったアーカス。

吹き飛びそうになるのを必死で堪《こら》えてみせるが、そこにハオランは俊敏に駆け寄り、そして。

「終わりだ、アーカス！　我が友たちの、痛みを知れ！」

「うっ、うおおおおっ！」

方天戟の斬撃で、その魔力体を粉々に打ち砕いた。

「嘘《うそ》だろ、幹部の奴ら、みんなやられちまった……！」

それを見ていたハイフレイムの団員たちに動揺が走る。

「皆様。降参してくだされば、無用な争いは避けられますわ」

片足を上げた構えのままアンリが言うと、ハイフレイムの団員たちは青い顔をして距離をとっていく。

勝負はついたようだ。そう理解し、アンリがにっこりと微笑《ほほえ》んで右手を掲げた。

「ハオラン様。やりましたわ！　私たち、団長様たちのお役に立てました！」

「ああ。まったく、お主がそのようなお転婆《てんば》だとは思わなかったぞ」

小さくハイタッチをして、お互いに言葉を掛け合う。

そしてハオランは空を見上げ、呟《つぶや》いた。

「こちらは勝ったぞ、ナハト。もちろん、貴様もであろうな?」

2

「ちっ、思ったより離されてるな、急がねえと……!」

坂道を駆け上がりながら、ナハトがつぶやく。

コースは山の上へと向かっており、アーベルトの背中は一向に捕らえられない。

どうにか追いつかなければ。

「戦いもせずに負けるなんて、冗談じゃなっ……」

だが、その瞬間、前方に誰かの姿を見つけ、ナハトが立ち止まる。

その視線の先に——制服姿の、エレミアが立ちふさがっていた。

「……こいつは驚いた。あんた、立会人だろう。こんなところでなにをしている?」

「……」

ナハトの問いに、エレミアは答えなかった。

ただそこに立っているだけ……だが、ナハトはエレミアが既に戦闘態勢に入っていることとを察知していた。

いつでも飛び出せるよう、その重心はわずかに前へと傾いている。

指がわずかに動き、いつでも攻撃を仕掛けられるように構えている。

しかも、エレミアは生身だ。魔力体は、生身の相手には効果を発揮しない。

やりあうなら、互いに殺し合いになる。

「まさか、ここまで露骨なことをしてくるとはな……。ここで、俺を消すつもりかよ」

己もすっと身構えながら、ナハトが重ねて問う。

邪魔だと思われているのはわかっていたが、まさか直接手を下してくるとは。

「ここを戦争の舞台に選んだのも、俺をおびき出して始末するためか。大したもんだ、これがあんたのやり方か？　だが……」

ナハトがそこまで言った瞬間。エレミアが、動いた。

ただのひと蹴りで地面を離れ、閃光《せんこう》のごとく空中を跳んでくる。

ナハトは、咄嗟《とっさ》に迎撃すべく拳を打ち出そうとした。

だが、次の瞬間、エレミアが叫んだ言葉でその動きが固まる。

「ナハト……危ない！」

「ッ！」

固まっている所にエレミアの体がぶつかって来て、突き飛ばされる。

その瞬間、木陰から何かが発射され、エレミアの肩へと突き立った。

「ぐっ！」

「エレミア……!?　おいっ！」

そのままドサリとエレミアの体が覆いかぶさってきて、ナハトが慌てた声を上げる。

見てみると、エレミアの肩には深々と矢が刺さっていた。

「馬鹿な……おい、しっかりしろ！」

「……毒、か。やられた……」

ナハトが声をかけると、エレミアが己の肩から矢を引き抜きながら、呻《うめ》くように言った。

そのままエレミアの体から力が抜け、ナハトはどうすべきか一瞬迷ったが、木陰から更に何者かが弓を構えるのに気づく。

仕方なくそのままエレミアを抱きかかえて立ち上がり、窮地を脱するべく走り出した。

「おい、しっかりしろ！　くそっ、してやられた……！」

エレミアに声を掛けながらも、ナハトが後悔の表情を浮かべる。

自分としたことが、目の前のエレミアに気を取られ、周囲の警戒を怠ってしまった。

「おい、なんであんたが俺を助ける！　どういうことなんだよ、説明しろ！」

腕の中のエレミアに声をかけると、大人しく抱きかかえられているエレミアは顔を上げて答えた。

「……学内に、不審な動きがあった。お前が無防備になれば、きっと仕掛けてくると思っていたが……予想通りだったな」

「……あんた、俺を守るために出てきたってのかよ……！　くそ、毒なんてどうすりゃいいんだ。どうする、船まで戻るか……!?」

咄嗟《とっさ》に進む方向に走り出してしまったが、一度船まで戻ってエレミアを預けるべきではないか。

エレミアを抱えたままでは敵を迎撃することもできない。

だが、そんなことをしていてはアーベルトに追いつくのは不可能となるだろう。

「馬鹿なことを言うな。戻っていては、戦争に負けるぞ。私なら、大丈夫だ」

「……なんでだよ。なんで、あんたが俺を守る？」

「一つは……学園長補佐としての役目。慮外者から、生徒たちを守るのが私の使命だ。そして、もう一つは……」

そして、ナハトの顔を見上げながら、エレミアが言った。

「お祖父様《じいさま》からの手紙に、お前を、よろしく頼むと書かれていた。お前は、私の弟のようなものだと。だから、守った。……それだけだ」

「っ……」

その言葉がまっすぐ胸に突き刺さってきて、ナハトは思わず怯《ひる》んだ。

ナハトは、育ての親のことを嫌っているように言うことが多い。

それもそのはず、毎日修行と称して厳しい稽古をつけられ、生活のために獲や魔物の駆除をやらされていたのだ。

憎んで喧嘩《けんか》したこともあった、腹いせに自慢のひげをむしり取ってやったこともあった。

だが、天涯孤独の身である自分を育て、側《そば》にいてくれたことには、言葉に表せられないほどの感謝をしていたのである。

その彼が、そこまで親身になってくれていた。エレミアもそれに答えてくれた。

その事実に、ナハトは思わず涙が出そうになって、慌てて上を向き、軽口を叩《たた》いてみせる。

「へっ、なるほどな。俺は、弟か。となると……あんたは、俺のお姉ちゃんってわけだ」

「……なに？」

ピクリとエレミアが反応し、ナハトはしまったと思った。

エレミアの立場を考えれば、流石《さすが》に失礼だったかもしれない。

だが、エレミアはナハトの頬《ほお》に手を添えてきて、自分の方を無理やり向かせながら言った。

「今、なんと言った……？　もう一度、言ってみろ」

「おっ、おい、あぶねえって……！　そんなキレることないだろ。俺は弟か、って言っただけだ。悪かったよ」

「違う。その後だ。あんたは、俺の……の後だ。もう一度」

「な、なんだよ……。……お姉ちゃん、って言っただけだぞ」

「っ……!!」

瞬間、胸に電流を浴びたようなショックが走り、エレミアが眼《め》を見張る。

——お姉ちゃん。お姉ちゃんだと。

なんだ、この気持ちは。

今まで、家族は祖父だけだった。その祖父も、いつだって側《そば》にいない。

ひたすら孤独で、たった一人で生きてきたこの自分を……お姉ちゃんだと。

考えたこともなかった。自分に、弟ができるなんてこと。

エレミアは、今の今までどこかでナハトを疎《うと》ましがっていた……いや、嫉妬していた。

祖父を自分から奪い、独占した男。祖父の事が好きなわけではなかったが、唯一の肉親を奪われているという気持ちは如何《いかん》ともし難かった。

今、この瞬間にも祖父は自分ではない他人と生活している。

その相手を、何度呪ったことか。

それが、その相手が、お姉ちゃんだと。

ツンツンの赤い髪に、やんちゃ坊主のような顔立ちをした男。

自分を抱える力強い腕に、頼りがいのある厚い胸板。

――これが弟。この自分の、弟！

「お、おい、なんだよ……。気持ちわりいな」

エレミアの熱い視線に気づいたナハトが、怯《ひる》んだ様子で言う。

だがエレミアはそんなことを気にした様子もなく、熱に浮かされたような声で言った。

「安心しろ。お前のことは、お姉ちゃんが守ってやるぞ……弟よ」

「切り替えはええな⁉　さっきまで俺のこと嫌ってただろ、あんた……っと」

鋭くツッコミを入れた所で、何かに気づいたナハトが立ち止まる。

そして素早く周囲を見回して言った。

「ちっ。囲まれたか！」

その言葉の通り、周囲の森の中から、ナハトたちを取り囲むように人影が現れた。

全部で七人。それも、全員が学園の制服を着ている。

「おいてめえら、なんのつもりだ。おまえら、ハイフレイムの団員じゃねえ……いや。それどころか、人間ですらねえな。てめえら」

ギロリと睨《にら》みつけながら、ナハトが言う。

学園内で気づくことは困難だが、こうして人気《ひとけ》のない場所で向き合えばわかる。

目の前の、生徒の姿をした者たちからは、明確な魔物の気配が漂っていた。

「そうか、わかるか。……その力で、我らの主《あるじ》を害したのか。この、化け物め」

生徒の形をしたなにかの一人が、憎しみの籠《こ》もった顔で言う。

その言葉を聞き、ナハトがはっとした顔をした。

「主《あるじ》、だと……？　てめえら、まさか」

「そうだ。我らは、〝勤勉〟様の使徒。あの御方《おかた》の手足。貴様に殺された、あの方の忠実なる下僕だ！」

怒りの声とともに、男子生徒の体が変じ、魔物としての本性を顕《あら》わにする。

黒光りする、あちこちが尖《とが》った醜悪な姿。

ギラつく目元に、獣のような口元。

知恵を持つ魔物、有知魔族《シンカー》――そのうちの、デーモンと呼ばれる者たちであった。

「我らは勤勉様の命により学園内部に潜伏し、飛島墜落《フラクタル》と同時に生き残った生徒を皆殺しにするはずであった」

「それが、いつまでたっても飛島は落ちず、主は戻らぬ……。貴様らに殺されたのだと知った時の、我らの無念がわかるか！」

「主を害した憎き赤毛と、学園を支配する女。貴様らを殺して、我が主への手向けの花としてくれるわ！」

口々に言うデーモンたち。

だが、そこですっと目を細めたエレミアが、冷静な声で言った。

「やはり、そういうことか。飛島をぶつけただけでは、学園を破壊し尽くせるとは限らない。それと同時に、内部で蜂起する部下を用意していたであろうと思っていた」

「エレミア、あんた、それがわかってて……!?」

「エレミアではなく、お姉ちゃんと呼んでくれ」

「だあっ、今はそれはいいだろ！」

言い合いをしながらも、エレミアが名残惜しそうにナハトの腕の中から降りる。

それを見たデーモンの一体が、馬鹿にしたような声を上げた。

「我ら特製の毒を食らったくせに、まともに動けるつもりか？　愚か者め」

だが、それにエレミアが余裕の表情で答えてみせる。

「愚か者は貴様らだ。毒ごときでこの私を殺せるとでも思ったのか？　そんなもの、とうに体内で中和したよ」

平然と言ってのけながら、エレミアが肩の傷に触れる。

すると、一瞬で、その傷は跡形もなく消え去ってしまった。

「……毒を無効化し、魔具《ギア》もなしに傷を一瞬で治すだと……！　馬鹿な、稀代《きたい》の天才だとは聞いていたが……」

「この程度、造作も無いわ。……ところで、おまえたち。まさか、その程度の数で私を討ち取るつもりだったのか？　話にもならんぞ」

ざわめくデーモンたちの前に悠然と立ち、エレミアが言う。

だがすぐに気を取り直したデーモンが告げた。

「ふん、安心しろ。我らとて、お前たち魔剣姫《まけんひめ》どもが手強《てごわ》いことはわかっている。だから」

瞬間、驚くべきことに、ぼこりとデーモンたちの腹部に大きな穴が開く。

そしてそこからじくじくと影が溢《あふ》れ出《だ》し、やがてそれらは何十何百という魔物へと変じていった。

「魔物を生み出す、魔物……⁉　そうか、さっきのハーピーもてめえらか！」

「左様。だが、生み出すというのは少し違う。これは、貯蔵……勤勉様の能力だ。あの方のお力で、我らは体内に同胞を積み込むことができる」

そう、ストリアの最大の能力とは、貯蔵であった。

長い時間を掛けて力を溜《た》め込《こ》み、必要な時にそれを放出する能力。

その力の一部を、ストリアは部下に与えていたのである。

「いわば、これはあのお方の能力による復讐《ふくしゆう》！　徹底的に痛めつけ、蹂躙《じゆうりん》し、貪り尽くしてやる！　覚悟するがいい！」

デーモンが吠《ほ》え、魔物たちが攻撃態勢に入る。

その数は、楽に街一つを破壊しつくせるほどだ。

普通は絶望するべき状況である。しかし。

「──なんだ、この程度か」

その中央で、エレミアが薄く笑う。

そして次の瞬間、その体がふわりと浮かび上がった。

「なにっ……！」

デーモンが驚きの声を上げる。

〝浮遊〟と呼ばれる、宙を舞う魔術は存在する。

だが、使用する難易度が非常に高く、それはそれだけを専門に身につける家系もあるほどの高等魔術だ。

それを、エレミアはいともたやすく使っているように見える。

いや、それだけではない。宙を舞いながらエレミアが右手を挙げると、その上着の裾からするりと剣が現れた。

「っ……。魔剣か！」

ナハトが思わず息を呑《の》む。現れたそれは、真《ま》っ直《す》ぐな刀身を持つ両刃の剣であった。

七つの魔剣が一つ、魔剣インウィディア。

最強の魔剣と目される、一振り。

それがエレミアと同じくふわりと宙を舞い、ぴたりとデーモンたちに刃先を向け、そして。

「――魔剣、解放」

エレミアが命じるままに、何十という数にその身を分けた。

「なっ……」

デーモンが息を呑《の》む。それらはぴたりと剣先を魔物たちに向け、そして、

「ゆけ」

エレミアの号令とともに、一斉に飛び出した。

「いっ、いかん！　逃げ……」

叫んだデーモンの体に、ずぶりとインウィディアの一振りが突き刺さる。

そのまま、降り注ぐ刃《やいば》が魔物たちを次から次へと貫いていく。

だが他のデーモンたちはその一撃を素早く跳んで避《よ》けてみせた。

「ふっ、ふふ、なんだこの程度か！　剣を降り注がせる程度でなにが最強だ！　この程度
……」

勝ち誇ろうとしたデーモン。だが次の瞬間、傲然と見下ろすエレミアが告げた。

「馬鹿め。これはただの準備に過ぎん。……〝重力剣〟インウィディアよ。我が敵を、ひれ伏させよ」

瞬間、地に突き立った無数のインウィディアが輝きを放ち、その力を解放した。

それぞれの剣を中心に魔力が放たれ、それを浴びた魔物たちが一斉に地に倒れ伏す。

「うおおおっ……！　なん、だ、これはっ……！」

両手を地面に突きながら、デーモンの一体が悲鳴を上げる。

それは、重力であった。

常時の何倍、何十倍という重力が襲いかかり、彼らを地へと縫い付ける。

最強の魔剣と目されるインウィディア。その力は、重力操作の力であった。

その力を使ってエレミアは宙を舞い、そして魔物たちを地面へと縫い付けてみせたのだ。

ぶちぶちと音を立てて、弱い魔物たちは潰《つぶ》れて黒いシミへと変じていく。

だが強い魔物たち、とりわけデーモンたちはその超重力の中で必死に堪《こら》えていた。

「ぐうっ、だからなんだ！　この程度で我らを仕留められるなど……！」

「思っていない。ただ、動き回られて弟を狙われては面倒なのでな。まずは動きを封じた」

平然と答え、エレミアが右手を差し出す。

すると、その細く美しい腕にばちりと火花が走り、次の瞬間、荒れ狂う雷が生み出された。

「なっ……」

「雷の魔術というものは、実に繊細でな。下手に扱えば、術者に跳ね返ってくる。それゆえ敬遠されがちなのだが……うまく使ってやれば、実に役に立つ」

バチバチと荒れ狂う雷撃を完全に従えて、エレミアが右手を挙げる。

雷撃は更に膨れ上がり、そして、エレミアがその魔術の名を呼んだ。

「〝神々の雷《デウス・トニテウルス》〟」

それは、雷の魔術の最高峰とされるものだ。

最大級の雷を生み出し、撃ち放つ魔術。

一度降り注げば、あらゆるものを焼き尽くすと言われる伝説級の一撃。

歴史上に数人しか使用者がいなかったというそれが、轟音《ごうおん》と共に降り注ぎ、魔剣を撃つ。

そして、それは魔剣から魔剣へと伝播《でんぱ》していき、拡散し、荒れ狂い、そして……その間にいる、あらゆるものを一斉に貫いた。

「ギャアアアアアアッ！」

デーモンが絶叫を上げる。衝撃にその体が膨れ上がり、そして弾《はじ》け飛《と》ぶ。

圧倒的な暴力が、音を置き去りにする速さで広がり、砕き、焼き尽くす。

それは戦いなどではなく、ただの蹂躙《じゅうりん》。殲滅《せんめつ》。処刑。それは、そう呼ぶべきものであった。

そして、それが終わった後には……もはや、動くものは何も存在しない。

「……すげえっ……」

一部始終を見ていたナハトが、思わず声を上げる。

ナハトほどの男が、そう言わざるを得なかった。

それは、今まで目にしたことすらなかった強さであった。

圧倒的な制圧。殺し合いにすらならない一方的な処理。

そして、その最中で、中央にいたナハトには傷一つ与えていないのだ。

学園最強とは、これほどのものなのか。

呆然《ぼうぜん》とその事実を噛《か》みしめるナハトに、ゆるりと降りてきたエレミアが告げた。

「ナハト……これが私の力だ。お前が本当に魔剣を全て集めるつもりならば、私より強くなれ」

ナハトが、じっとエレミアの瞳を見つめる。

恐るべき相手。恐るべき魔剣だ。まともに戦えば、ただではすまない。

だが。

（おもしれえ。学園にやってきて、こいつとやりあわないなんて、ありえねえ……！）

むしろ、闘志が湧き上がってくることをナハトは感じた。

超えてやろうではないか。この魔剣を、この女を。

……だが、それはそれとして。

「……おい。なんでまた、抱きかかえられに来た？」

ちゃっかり自分の胸元に着地し、元の体勢に戻っているエレミアにツッコミを入れる。

「弟の胸が、名残惜しくて」

「惜しむな、もうピンピンしてるくせに。……あ、そうだ、それどころじゃねえ！」

はっとした顔をして、ぽいっとエレミアを投げ出す。

今は戦争中なのだ。あれこれあったが、急いでアーベルトの後を追わなくてはならない。

「すまないな、試合中に手間を掛けさせた。おそらくハーピーを飛ばしたデーモンが残っているはずだから、私はそちらを討ちに行く。それと」

真面目くさった顔でそう言ったエレミアが、だが次の瞬間には穏やかな笑みを浮かべて続けた。

「言う機会はそうないだろうから、言っておく。私は……お姉ちゃんは、お前の味方だ。困ったことがあれば、いつでも頼ってくるといい」

「……ああ、ありがとよ。またな」

そう言い合って、互いに逆の方向へと駆け出す。

アーベルトはどれほど先に行っているだろうか。それに、他の仲間たちはどうなったか。

いろんな事を考えながら、全力で森の中を駆け抜けていくナハト。

やがて中央に台座が置かれた、拓《ひら》けた場所にたどり着く。

このコースの、宝の設置場所だ。

そしてその台座の上には、まだ宝が乗っていた。

だが、その前に一人の人影が立ちはだかっている。

「……アーベルト！」

その相手が誰かに気づいたナハトが吠《ほ》える。

名を呼ばれ、台座の側《そば》で悠然と佇《たたず》んでいたアーベルトが微笑《ほほえ》んだ。

「遅かったな、赤毛。待ちくたびれたぞ。……先程の雷は、エレミアか？」

その質問に答えるべきか一瞬考えたが、すぐにアーベルトが手を払って言った。

「ああ、いい。答えなくて。どちらでもいいのだ。この場にエレミアがいなければ、それで」

「……随分と訳知り顔じゃねえか。てめえ、さては魔物とつるんでやがったな？」

「つるむ、というほどでもないさ。ただ、ストリアの奴《やつ》が貴様に殺される前に、少々耳打ちされていてね。うまくいけば、いろいろと手に入る算段だったが……愚かなやつだ。赤毛なぞに、まんまと殺されるとはな」

「そういうことかよ。てめえはストリアが仕込んでいた手駒の一つ、混乱に乗じて学園の富でも奪い取るつもりだったってわけか」

「まあ、そういうことだ。せめて残り滓《かす》の魔物共を利用してやるつもりだったが……使えぬ奴らめ。だが、エレミアと別れてやってきたのは失敗だったな」

言いつつ、アーベルトが右手を差し出す。

その手に、炎が灯《とも》った。

「さて。ここまで話した理由、そしてわざわざ貴様を待っていた理由はわかるな？」

「ああ、もちろんだ。……殺《や》るつもりなんだろ、この場で俺を」

ナハトが構え、アーベルトが笑った。

「その通り。貴様などどうでもいいが、俺が国に戻った時に周辺国を平らげるため、シャーロットとハオランは屈服させておく必要がある。それには、貴様が邪魔なのでな。証拠隠滅もせねばならん。貴様は……ここで、死んでいけ」

言葉の最後に、アーベルトの手から魔術の炎が放たれ、長い尾を引いてナハト目掛けて飛来する。

矢のように鋭く飛ぶそれを、だがナハトはあっさりと避《よ》け、両手の手甲《てっこう》を起動した。

「てめえの事情なんか知ったこっちゃねえ。だが、ハオランの仲間たちに対する仕打ちと、学園への裏切りは許せねえ。てめえは……俺が、ぶっ飛ばす！」

瞬間、ナハトが魔蝕手甲《アバドン》の力を解放した。

両手の魔具《ギア》から光が漏れ出し、その力を目覚めさせる。

その両腕から魔力の光をたなびかせながら、ナハトが駆け出した。

「長引かせるつもりはねえ！　仲間が待ってるんでな、すぐに終わらせる！」

次々と放たれる炎弾を手甲で弾《はじ》き、その力で魔力を吸い上げながらアーベルトとの距離を詰める。

打撃の距離になれば、魔術中心のアーベルトなど相手にならないはずだ。

「俺を、一人で俺の相手をしようってのが間違いだったな……アーベルト！」

アーベルトまであと数歩の距離に迫り、ナハトが吠《ほ》える。

だが、アーベルトの口には笑みが浮かんでいた。

「それはどうかな。赤毛……貴様、生きている魔術は見たことがあるか？」

言葉とともに、アーベルトの背後に炎が燃え上がり――。

そして、アーベルトが、その名を呼んだ。

「立ち昇れ――〝炎帝イスラ〟」

瞬間。

視界の全てが、赤に染まった。

3

「なにっ……!?」

アーベルトの背後に現れたそれに驚き、ナハトの動きが止まる。

それは、炎の巨人であった。５ｍを超すような炎が、人の形を取っているのだ。

赤い両目が輝く頭部に、燃え盛る胴体。

　そしてそこからは、触手のような腕がいくつも伸びている。

「魔術の中には、炎や雷の現象を起こすもの、何かを生み出すものなどいくつも種類があるが……その中でも、特に特別なものがある。固有魔術と呼ばれるものだ」

　炎に照らされながら、アーベルトが語りだす。

「固有魔術は、同じ家系の中で脈々と受け継がれていく魔術。血と共に親から子へ、子から孫へと引き継がれていく……選ばれし者だけが手にできる魔術だ」

　そして、まっすぐにこちらを指差し、傲慢に言った。

「この炎帝イスラは、我が王家の血筋の、その源流に当たる御方《おかた》が生み出した、生きた魔術。貴様程度に使うにはあまりに惜しいが、今日は特別だ。存分に味わって……骨まで焼き尽くされるがいい」

　そしてその瞬間、イスラの炎の腕が一斉に伸びてきてナハトを襲う。

「くっ……このっ！」

　ナハトは後方に飛んでそれらを避《よ》けようとしたが、さすがに全ては躱《かわ》しきれず、そのうちの一つを手甲《てっこう》で打ち払おうとする。

　だが、魔術を打ち払うはずの手甲の一撃を食らっても、なぜかイスラの炎は消えず、ナハトの腕を焼いた。

「があっ……何っ⁉」

「無駄だ。イスラの炎は、何であろうと防ぐことはできん。故に、炎帝」

アーベルトが言い、手のひらの上に魔術の炎を生み出した。

そしてそれを撃ち出してきながら、なおも続ける。

「炎帝は、〝炎で焼く〟という現象そのものを生み出す魔術。貴様の手甲など、何の意味も持たぬわ」

「なんだそりゃ……まるで意味がわかんねえ！」

理解を拒否しつつ、次から次へと襲いくるイスラの炎の腕を避けながら、更にアーベルトが撃ち出してくる炎弾を手甲で無効化するナハト。

だがやがて包囲され、避けきれなくなり、イスラの触手がナハトの肩を掠《かす》めて焼いた。

（ぐっ……！　くそ、手数が多すぎる、避けきれねえ！）

イスラは、それ自体が術者の定めた敵を自動で狙い続ける魔術だ。

それゆえ、アーベルトは自身の攻撃に専念できる。

たった一人で、決して無効化できない多重攻撃を可能とする――それこそが、炎帝イスラの驚異であった。

（駄目だ、受け身のままじゃ勝ち目はねえ……！　こっちから、仕掛けるしかない！）

ナハトが、身を焼かれようとも前に進む覚悟を決める。

だが、それをアーベルトがあざ笑った。

「そうだろう、貴様は距離を詰めるしかあるまい。だが……できるかな」

同時にアーベルトが炎弾を撃ち出してきて、イスラの腕が道を塞ぐように放たれる。

その中を駆け抜けながら、ナハトが左の手甲《てっこう》を突き出した。

「いけ、ソード・アンカー！」

その先端から、ワイヤーで手甲と結ばれた刃《やいば》が飛び出す。

シャーロットの魔剣アワリティアからコピーしたそれが矢のように飛び、アーベルトを狙う。

アーベルトは一瞬驚いた顔をしたが、しかしすぐに勢いよく右手を差し出した。

瞬間、その手に強烈な炎が宿り、ソード・アンカーを一瞬で溶かし尽くしてしまう。

「なにっ！」

「こんな飛び道具を持っていたか。少々驚かされたが……だからどうした。こちらに、飛び道具への備えがないとでも思ったか？」

それと同時に、ぐるりと迂回《うかい》したイスラの腕が迫る。咄嗟《とっさ》に気づいてナハトは避《よ》けようとしたが、しかし避けきれず、また背中が焼かれた。

「があっ！」

「貴様の手甲は、魔術を否定する力などと大げさに言われているが……所詮貴様など、この程度。大人しく死ね、赤毛の猿め！」

アーベルトが叫び、イスラがその腕を激しく振るう。

それらに体のあちこちを焼かれながらも、ナハトは動き回り、一瞬の隙に制服のポケットへと両手を差し込んだ。

「動作の大きいソード・アンカーじゃ間に合わなくても……これなら、どうだ！」

そして両手を引き抜くと、親指で何かを弾《はじ》き飛ばす。

それは、ナハトが常にポケットの中にしまっている、小さな鉄球であった。

遠距離に対して無力な魔拳の使い手が持つ、飛び道具。

指で物体を弾き飛ばし相手を攻撃する、指弾と呼ばれる攻撃であった。

「むっ！」

指で弾くだけという、非常に短いモーションで放たれるそれがまっすぐに飛び、アーベルトの顔面を狙う。

アーベルトが慌てて炎の宿った右手で顔をかばった。

一瞬で鉄球は焼き尽くされたが、しかし顔をかばったせいで視界が塞がれ、隙が生まれる。

その僅かな時間のうちにナハトはイスラの腕をかいくぐり、アーベルトまでの真っ直《ます》ぐな直線を生み出すと、その瞬間に手甲が保つ力を解放した。

「ブースト！」

ナハトの手甲《てっこう》が吸収した力の一つ、ブースト。

それは手甲から魔力の暴風を打ち出し、推進力を得る力だ。

その力により、アーベルト目掛け突き進むナハト。

ついに打撃の距離まで詰め、拳を振りかぶる。

だが、その時、アーベルトが笑みを浮かべた。

「――馬鹿め。ここで貴様を待つ間、私がただぼうっとしていたとでも思ったのか？」

瞬間、アーベルトの前の地面に炎が灯《とも》る。

それは、アーベルトが得意とする魔術であった。

地面に設置し、相手が踏み込んだ途端、その足元から猛烈な炎を吹き上がらせる地雷の如《ごと》き魔術。

攻撃に意識が行っている相手は、これを避けられない。

アーベルトが勝利を確信し、炎が吹き上がる、その瞬間。

「魔拳二式――〝陽炎《かげろう》〟」

すっと地面に足をついた、ナハトの姿が――消えた。

「なっ……」

アーベルトが驚きの声を上げる。

爆音とともに吹き上がった炎。だがその中に、ナハトはいない。

かき消えてしまった……その姿が。

そして、次に、予想外なほど近くでナハトの声が響いた。

「そんなとこだろうと思ったぜ……誘ってんのが、見え見えだ！」

そして、アーベルトの脇腹に、ナハトの拳が突き立った。

「があぁぁっ！」

体をくの字に曲げながら、アーベルトが絶叫を上げ吹き飛んでゆく。

魔力体がダメージを再現し、凄《すさ》まじい衝撃が全身を走る。肋骨《ろっこつ》にヒビが入り、内臓が圧迫され呼吸が阻害される。

アーベルトは魔力によりその肉体も相当に強化していたが、それでも意識が吹き飛ぶところであった。

そして同時に、ナハトの手甲がアーベルトから激しく魔力を奪い取る。

使い手が魔力を供給できなくなったことにより、炎帝イスラはゆらぎ、その巨体が縮んでいった。

（……たった一撃で、持っていかれた……！）

胸中で呻《うめ》きながら、それでもアーベルトはどうにか着地をしてみせた。

だがその立て直しをナハトが待つわけもなく、追撃を仕掛けるべく突っ込んでゆく。

焦《あせ》った表情のアーベルトが、慌てて手を突き出し魔術を仕掛けてくる。

「〝飛散する炎〟！」

アーベルトの目の前に現れた炎の塊が膨れ上がり、やがて小さな塊に分かれて吹き飛ぶ。

散弾の如《ごと》きそれを、回避するのは困難だ。

だがそれを食らうかと思われた瞬間、ナハトは再び姿を消して、回避してみせた。

「馬鹿な！　赤毛が、魔術を!?」

混乱したアーベルトが絶叫を上げる。

それが、瞬間移動を行う魔術にしか思えなかったからだ。

慌ててアーベルトが周囲を見回す。

その側面にいつの間にか移動していたナハトが、それを見ながら平然と言ってのけた。

「馬鹿野郎……魔術じゃねえよ。これは、ただの技術だ」

魔拳二式・〝陽炎《かげろう》〟。

それは、独特な歩法により相手を欺く技である。

普通、人の動体視力では、高速で向かってくる物体は捉えきれない。

たとえば、向かってくる拳を避《よ》けることは、普通ならば不可能だ。

だが、実際にはそれが可能である。

それが可能な理由……それは、拳の軌道を人が予測できるからである。

人が拳を打ち出すまでには、いくつもの予備動作がある。

体を傾け、肩から動き、拳を突き出す。そういった、事前の動作が。

さらには、相手の視線、状況、その他多数の要素から事前に何が起こるかを予測する。

そうして初めて回避というものが可能になり、逆に予測が立てられない虫の急旋回を常人は視界にとらえきることができない。

それはつまり……逆に言えば、相手に予測さえさせなければ、人の視線から外れることは可能だということだ。

移動するために必要な重心の移動、足の動き、その他諸々《もろもろ》を完全に廃し、〝足の指の力だけで自身の体を弾《はじ》く〟という異様な技法。

それが、陽炎の正体であった。

「これで終わりだ……アーベルト！」

ナハトが吠《ほ》え、驚愕《きょうがく》の表情を浮かべているアーベルトに殴りかかる。

だが、アーベルトの手の内はまだ残っていた。

「俺を護《まも》れ、イスラ！」

その言葉とともに、なけなしの魔力で膨れ上がったイスラがアーベルトを抱きかかえるように包んだ。

イスラによる炎の障壁。それは緊急時、瞬間的に自分の身だけを守るアーベルトの奥の手であった。

だが。ナハトにとって、その程度のことはもはや話にならない。

「魔拳八式・改——」

ナハトの右手の手甲《てっこう》から、魔力が吹き出す。

引き絞る弓のように右手を大きく構え、そして。

「螺旋《らせん》烈風掌！」

ブーストの能力と共に、回転する魔力を打ち出した。

それはイスラをドリルのように貫き、吹き飛ばし、まっすぐに突き抜け……。

「ガアアアァッ!!」

そして、アーベルトの体を撃ち抜いた。

渦巻く魔力をその身に受けたアーベルトは魔力体を破壊され、ぐるぐると回転しながら飛んでいき……その身を、轟音《ごうおん》とともに巨大な岩へとめり込ませた。

白目をむき、情けない表情で気絶しているアーベルト。

それを確認しながらゆっくりと構えを解き、荒く呼吸を繰り返しながら、ナハトは言った。

「俺の……勝ちだ。てめえには、然《しか》るべき裁きってやつをうけてもらうぜ——アーベルト」

それが、決着の言葉となった。

こうしてナハトたちは、この戦争を完全勝利で終えたのである。

エピローグ

「じゃあ、そういうわけで……かんぱーい！」

ゼロの騎士団の団室に、シャーロットの嬉《うれ》しげな声が響いた。

団室はあちこち綺麗《きれい》に飾り付けられており、テーブルの上には豪勢な料理が並んでいる。

「いやー、見事に完勝で終えられたわね！　皆の頑張りのおかげよ、おつかれさま！」

ハイフレイムとの戦争から数日。

ナハトたちは夜の団室で戦勝祝いを行っていた。

「本当に、皆様ご無事で安心しましたわ。私、本当に感動しました！」

「アンリもよく頑張ってくれたわね！　ほんと、あなたがこれほど戦力になってくれるとは夢にも思わなかったわ！」

「いやー、みんなの帰りを待ってる間は不安でしかたなかったっすよー！　あー、あちしも戦えたらもっとお役に立てるんすけどねえ！」

ソファに座り、飲み物を片手に上機嫌で話し合う女性陣。

だが、そこでハオランが面白くなさそうな顔で言った。

「ただ、アーベルトのやつが放校されるだけなのは納得がいかんな……。やつは、魔物と繋《つな》がっていたのだろう」

「ああ……まあ、証拠が出てこなかったしな。俺に言ったことだけじゃ足りねえってよ。それにあいつは腐っても王族だ、下手に処罰すれば外交問題になるかもしれねえらしい。ま、しょうがねえんじゃねえの」

料理にかぶりつきながらナハトが気にした様子もなく言うと、シャーロットが続く。

「そうね。でもあいつの悪評は広まりまくったし、負けて学園を追い出されたとあっちゃ今後にも影響するでしょ。それで良しとしましょうよ」

「そうそう、今は勝利を祝うっすよ！　ほら、食べさせてあげるからあーんするっす！」

「やめろ、俺は甘いのは苦手だ……！」

言いながらフォークで刺したケーキをグイグイ押し付けてくるリッカから、ハオランが嫌そうな顔をして逃げる。

そしてその時、団室の扉がノックされ、ナハトたちの返事も待たずに開いた。

そして、飾り花を手にした作業服姿の男たちがどかどかと入りこんでくる。

「どうもー、こちらミルティ・アルカード様からのお花、お届けに上がりましたー！」

「こっちはイサミ・フルカタ様からです、受け取りサインお願いしまっす！」

色とりどりの花が並べられ、シャーロットが喜びの声を上げた。

「わあっ、綺麗《きれい》！　先輩たち、気を使って花を贈ってくれたんだ！」

ナハトは、この戦勝祝いに魔剣姫《まけんひめ》たちを招待していた。

戦に勝利した時には、いろんな相手を招いてそれをアピールするのが騎士団の習わしだからだ。

もちろん、礼儀上のものであり、魔剣姫たちが本当に来てくれるとは思っていなかったし、相手も来られる立場ではない。

だがそれに対する礼儀として、相手は花を贈ってくれたのである。

花に添えられたメッセージカードを広げ、ナハトが読み上げた。

「なになに……フルカタ先輩は『武運長久を祈る』か。相変わらずお硬いなあ。んで、ミルティ先輩は……『早くかかってこい』。ただの挑発じゃねえか！」

そして配達員たちが帰っていくと、それと入れ違いにまた大勢が入り込んできた。

「ナハト様、そして団員の皆様。初勝利おめでとうございます！　お祝いの品、お持ちしましたわ！」

上機嫌でなにかの瓶を手にしたオデットが飛び込んできて、声を上げる。

その後ろにはアリアが続いており、少し赤い顔でそっぽを向いたまま言った。

「ナハト。勝利、おめでと。来てあげたわよ」

「ああ。アリア、来てくれてありがとな。嬉《うれ》しいぜ」

「う、うん」

なんとなく二人の間に流れる、独特な空気。

それに気づいたシャーロットが、料理の皿を手にしたまま首をひねった。

（……なに、あいつらのあの感じ？　変なの……）

理由はわからないが、なんとなく気持ちが良くない。

そう、理由はわからないが。

そして、シャーロットがそうしている間にも次の客が騒がしく訪れた。

「お招きいただき、ありがとー！　ナハトくん、シャーロットちゃん、団員の皆、初勝利おめでとー！　お腹《なか》すいたー！」

魔剣姫《まけんひめ》の一人、ラナンシャであった。

その後に続いた、彼女の副官であるリザードマンのガーが呆《あき》れた調子で言う。

「お前は、立場ある人間のくせにすぐそういう……。まずはちゃんと挨拶をしろ」

「ぶー。ガーくんはすぐそうやってうるさく言う。ちゃんと言ったもん！　……うわー、料理、美味《おい》しそー！」

気を使ったアンリが料理の載った皿を運んできて、ラナンシャが上機嫌でかぶりつく。

そしてたっぷりと味わった後、目を輝かせて言った。

「うわあああっ、これすっっっっごく美味しい！　誰が作ったの、凄《すご》い！　女の子の誰かだよね、誰～!?」

するとそ、視線を向けられたゼロの騎士団の女性陣一同が一斉にサッと目を逸《そ》らす。

そしてその後、全員の視線が気まずそうにハオランに集まった。

「……俺が料理好きだと、変か？」

憮然《ぶぜん》とした表情のハオランの言葉に、団室は一瞬静まり、そして次の瞬間にあちこちから笑い声が上がった。

「ぷっ……。アハハハハハハハハ！　そんなことないっすよ、ハオラン！　ちっとも変じゃないっす！」

「ハッハッハ、変じゃねえよ、料理人も結構な数が男だ！　美味《うま》いもの作れるやつに性別は関係ねえ！」

「フン……。これほど来るとは思わなかったから、料理が足りなくなりそうだな。待ってろ、すぐに作ってくる」

ハオランはまんざらでもなさそうに、やがて微笑《ほほえ》んで調理場へと向かう。

自分もつられて笑いながら、ふとナハトがガーに尋ねた。

「なあ、呼んどいてなんだが、あんたんとこの大将、うちの祝勝会になんて来ていいのか？　立場的にまずくねえか」

「構いやしねえよ。うちの大将が自由気ままなのは、周知の事実ってやつだ。今さら、敵対してる組織の祝いに顔を出そうが、気にするやつはいねえ」

「なるほどねえ。ラナンシャ先輩らしい」

笑みを浮かべるナハトの目の前で、すでにゼロの騎士団の女性陣と友だちになっているラナンシャ。とても懐の深い人物だ。

いつかは戦わなければいけない相手ではある。

だが、だからといって今日仲良くなっていけない理由はないだろう。

彼女やガーと戦う時は、アーベルトとの一戦のような、憎しみ合い、殺し合うものではなく、ただ全力で力を競い合いたいものだ。

そう、ナハトは思った。

(……そういや、エレミアにも一応招待状は送ったが、さすがに来れねえか。立場ってもんがあるからな)

後でこっそり学園長室に飯でも持っていってやるか。

あいつも食うのが好きだった、きっと喜ぶだろう。

ナハトがそんな事を考えている間にも、参加者たちは思い思いに盛り上がっていた。

ハオランとオデット、そしてガーは三人でなにやら楽しそうに話している。

なにやら三人とも顔が赤いが、まさか酒でも飲んでいるのだろうか。

アンリとリッカ、そしてラナンシャは三人でかしましく盛り上がりながら、ひたすら食っている。

賑《にぎ》やかで、こういうのも良いもんだなとナハトは思ったが、だがそこでぐるりと団室を見回してあることに気づく。

(あれ、シャーロットとアリアがいねーな。どこ行《い》った?)

そう思ったが、しかしあの二人にもいろいろとあるのだろうと考える。

同盟として一応の和解を迎えた今、色々と積もる話もあるのかもしれない。

「ま、そっとしておいてやるか……おいラナンシャ先輩、一人で全部食っちまうつもりか!? 俺はまだ食い足りねーぞ!」

ナハトが言いながら向かっていき、ラナンシャが笑顔できゃーと悲鳴を上げる。

祝いの席は、まだ始まったばかりだ。


「──ねえ、アリア。話って何?」

その頃、団室のテラスで、シャーロットとアリアは二人でいた。

アリアが、話があるとシャーロットを連れ出したのである。

空には星が輝き、涼やかな風が吹いてきて暑さを和らげてくれていた。

そんな中、アリアはシャーロットに背中を向けてしばらく悩んでいたようだったが、ついに思い切った様子で話を始めた。

「ねえ、シャーロット。聞いてもいい? ……あんたにとって、ナハトって、なに?」

「えっ？　なにそれ」

予想外の質問に、シャーロットが面食らう。

ナハトが、自分にとってなにか？

急にそんな事を聞かれてもなんて答えたらいいのかわからない。

団長と副団長。相棒。戦友。言い方はいくつも思いつくが、どれも忠実に互いの関係を表すには不足している気がする。

「いっそ、飼い主と犬……？　いや、それも違うか……。うーん……腐れ縁、というにはまだ日が浅すぎるしなあ」

そう。いつのまにか一緒にいるのが当たり前になっているが、出会ってまだ二ヶ月も経《た》っていないのだ。

毎日が激動すぎて、忘れてしまいそうになるが。

「うーん、なんとも言えない……。まあ、仲間、かなあ……」

「そう。じゃあ……じゃあ、ね。もしも……もしも、なんだけど」

煮え切らないシャーロットに、アリアが切り出す。

そして、シャーロットの目を真《ま》っ直《す》ぐに見つめ、一大決心で告げた。

「もしも、私がナハトの事を……好き、だって言ったら。……あなたは、どうする？」

「えっ……」

予想外の言葉に、ドクンと心臓が跳ねる。
あまりにも強い光を放つアリアの視線から、目を離すことができない。
虫たちが鳴き、風が二人の髪を揺らしていく。
熱い夏が、訪れようとしていた。

MF文庫J

七人の魔剣姫とゼロの騎士団2

2021年4月25日　初版発行

著者　川田両悟

発行者　青柳昌行

発行　株式会社 KADOKAWA
〒102-8177 東京都千代田区富士見2-13-3
0570-002-301（ナビダイヤル）

印刷　株式会社廣済堂

製本　株式会社廣済堂

Printed in Japan　ISBN 978-4-04-680239-2 C0193

◇◇◇

【ファンレター、作品のご感想をお待ちしています】
〒102-0071 東京都千代田区富士見2-13-12
株式会社KADOKAWA　MF文庫J編集部気付「川田両悟先生」係「GreeN先生」係